Ursula PAHNKE-FELDER
Der Tote von Bolbec

Ruhestand war gestern. Ab heute ermittelt Ellen Kaiser

Ursula Pahnke-Felder

DER TOTE VON BOLBEC

Ruhestand war gestern. Ab heute ermittelt Ellen Kaiser.

Ein Cosy-Krimi

Der erste Fall für Ellen Kaiser. Wer weiß, was folgen wird.

Bibliografische Information der Deutschen Nationalbibliothek: Die Deutsche Nationalbibliothek verzeichnet diese Publikation in der Deutschen Nationalbibliografie; detaillierte bibliografische Daten sind im Internet über http://dnb.dnb.de abrufbar.

Verlag: BoD · Books on Demand GmbH, In de Tarpen 42, 22848 Norderstedt, bod@bod.de

Druck: Libri Plureos GmbH, Friedensallee 273, 22763 Hamburg

ISBN: 978-3-7693-9925-7

Für Mozart
Danke für Dein unerschütterliches Vertrauen ins Gelingen

PROLOG

Jens Rotenfels, Professor für Atomphysik, war extra aus Frankfurt in die Normandie gekommen, um am Kernkraftwerk von Paluel die Gruppe der dortigen Fachleute zu treffen. Er wollte sich vor Ort einen Überblick über die Lage der ständigen Veränderung der Steilküste durch den Klimawandel machen, dann seinen Bericht zur Erweiterung des Atomkraftwerks schreiben.

Um seinen Besuch unauffällig zu gestalten, es gab bereits genug Widerstand gegen die Erweiterung, hatte man ihn in einem Hotel in Yvetot untergebracht. Die 40 km lange Strecke vom Hotel bis zur Kraftwerkszentrale schaffte er ganz locker in 45 Minuten. Er genoss die Landschaft, hatte sich angewöhnt, ab und an einen kleinen Zwischenstopp einzulegen und soweit es ging, seinen komplizierten Aufenthalt zu genießen. Das ganze Unternehmen, seine Position zwischen den verschiedenen Interessengruppen für oder gegen eine Ausweitung, war prekär genug.

Heute Morgen jedoch war er viel zu spät dran. Verzeihlich, denn Jens hatte endlich das Geburtstagsgeschenk für seine Tochter im kleinen Laden in Cany-Barville erstanden. Hatte den kleinen Umweg über das romantische Örtchen genommen, denn hier hatte er gestern Abend, nach seinem sehr guten Abendessen mit den Kollegen, auf dem Spaziergang das seit langem gewünschte Kochbuch der Regionalküche der Normandie gesehen. Er freute sich unbändig darauf, es ihr bei seiner Rückkehr zu überreichen.

Nun war er jedoch in Eile, um zum Parkplatz seines Autos zu kommen. Gleichzeitig drängte sich das letzte Gespräch von gestern Abend mit dem Team in den Vordergrund. Sollte man die bedrohliche Sorge der stark fortschreitenden Erosion der Kalksteinfelsen durch den Klimawandel einfach außer Acht lassen? Natürlich war hier eine Senke in der Steilküste, die Felsformationen waren rechts und links zurückgewichen, aber jede weitere Sturmflut, so wie sie in den letzten Jahren mit immer höheren Wellen vorkam, trug dazu bei, dass man sich dieser Frage ohne Stimmungsmache stellen musste.

Inzwischen war er so tief in Gedanken versunken, dass er das herannahende Auto beim Überqueren der Straße nicht wahrnahm. Es tuschierte ihn nur leicht an der rechten Ferse, was aber reichte, um ihn zu Fall zu bringen. Jens glitt langsam zu Boden. Er war durch den Schreck benommen. Schon hielt der Fahrer des Wagens, Türen wurden aufgerissen und eine kräftige Person stürmte zu ihm hin. Eigentlich wollte er protestieren, so schlimm war es doch gar nicht und zudem seine Schuld, als er einen Stich in seinen Oberschenkel verspürte, ihn der Mann etwas rüde nahm und mit einem festen Griff zum Auto schleifte und auf den hinteren Sitz drängte. Er fühlte sich überrumpelt, wollte protestieren, als er das Bewusstsein verlor.

Langsam wurde Jens wach. Er befand sich in einem Dämmerzustand und in seinem Kopf war nur Leere.

Was war los? Wo war er? Wieso war es so dunkel oder richtiger, ganz schwarz? Zudem fror er. Ganz langsam lichtete sich der wattige Zustand in seinem Kopf etwas. Er versuchte den schlechten Geschmack in seinem Mund zu erfassen. Dann begriff Jens, er lag auf nackten Boden, der eisig kalt und sehr feucht war. Er versuchte sich noch immer benommen in seine Kleidung zu wickeln, etwas Wärme zu kreieren, dabei merkte er, er war gänzlich unbekleidet.

Wo war er? Wie kam er hierhin?

Er versuchte aus diesem Dämmerzustand heraus zu kommen, aus diesem Nebel in seinem Kopf. Jens wollte aufzustehen, was jedoch misslang. Er hatte keine Kraft, konnte sich nur mühsam ein kleines bisschen in eine Art Embryohaltung drehen. Warum taten ihm denn alle Fasern seines Körpers so unendlich weh? Warum war sein Mund so trocken?

Das Denken fiel ihm wahnsinnig schwer. Ein überwältigendes Rauschen in seinen Ohren und seinem Kopf setzte plötzlich ein. Dann sackte Jens wieder weg.

1

Ellen ließ ihre Beine im Mühlbach baumeln. An diesem heißen Tag war es sehr angenehm, das kalte Wasser an den Füßen zu spüren. Wieso nur war sie auf die Idee gekommen, heute an diesem unglaublich warmen Tag zum außerhalb gelegenen Textilmuseum zu laufen? Natürlich interessierte sie die Geschichte der Textilindustrie hier in der Normandie. Schon von Berufswegen, sie war mit Leib und Seele Textilerin.

Wenn sie aber ganz ehrlich war, so hatte sie Roland nur zeigen wollen, dass sie sich sehr gut selbst beschäftigen konnte. Es waren ihre ersten gemeinsamen Ferien seit langer Zeit und die, die konnte man doch nicht nur mit Warten auf die Fertigstellung des kaputten Autos verbringen. Klar war das alles sehr ärgerlich. Das Auto war einfach an der Tankstelle stehen geblieben. Gab keinen Laut mehr von sich. Gut, dass sie in Frankreich waren, die Kundschaft hinter ihnen in der Reihe an der Zapfsäule blieb gelassen. Man half ihnen, den Wagen zu Seite zu schieben, suchte mit ihnen nach einer Garage und bestellte dort einen Abschleppwagen. Der kam relativ schnell an diesem Freitagmittag, dem letzten Ferientag in Frankreich. Welch ein Glück!

Die Diagnose war rasch gestellt.

„Aber wir können nichts vor Montag tun. Bitte warten Sie ganz kurz, ich werde nach dem notwendigen Ersatzteil telefonieren, dann kann ich eine erste Prognose abgeben, wann das Auto wieder startklar sein wird."

Es tat dem Chef der Reparaturwerkstatt wirklich aufrichtig leid.

Wenig später kam er aus dem Büro zurück. Das Ersatzteil könne Montag oder Dienstag vor Ort sein. Dann müsse es noch eingebaut werden.

„Rechnen Sie also bitte nicht vor Dienstag mit der Fertigstellung."

Ja, sogar ein Hotel hatte man ihnen vermittelt, sie dort abgesetzt und ein wundervolles Wochenende gewünscht. Einen Leihwagen konnte er leider erst für Montag regeln.

Aber nur warten?

Es war der erste und somit heiß ersehnte richtige Urlaub seit ihrer Pensionierung. Natürlich waren die Kinder in Folge auf die Idee gekommen, sie können, da sie ja Zeit hätten, auf die Tiere aufpassen, während jedes der Kinder dann unabhängig von einander und ohne das mit ihnen zu besprechen in den eigenen Urlaub fuhr und ihnen ihre Tiere überließen. Im ersten Jahr hatten sie noch gute Miene zu dieser Planung gemacht. Aber nun, im zweiten Jahr fanden sie diese Vereinnahmung nicht mehr hinnehmbar. Sie hatten gleich im Frühjahr diese Reise in die Normandie und zum Abschluss an die normannische Steilküste geplant, hatten dort ein romantisches kleines Häuschen gefunden und für den September gebucht. Zuerst aber hatten sie sich vorgenommen, einige Tage einfach nur so durch die Gegend zu reisen. Halten, wo es ihnen gefiel. - Aber doch nicht hier, inmitten von nichts mitten in der Normandie?

Und nun das. Nur wenige Kilometer vor ihrem zweiten Sehnsuchtsziel, den Gärten von Monet in Giverney, blieb einfach der Wagen stehen.

Sollte Roland doch im Hotel sitzen bleiben und im Garten seinen Roman lesen. Sie wollte etwas erleben. Es war Wochenende und sie irgendwo. OK, nicht irgendwo. Die

Küste war nur noch 30 km entfernt, aber ohne Auto? Also sollte man sich hier im Ort, in Bolbec, wohin sie das Schicksal verschlagen hatte, umsehen.

Es gab hier ein kleines Textilmuseum, das von den ehemaligen Mitarbeitern der Fabrik, in der es untergebracht war, liebevoll betreut wurde. Das war doch etwas. Eine Führung vom Baumwollfaden bis hin zum weltberühmten Baumwolltuch aus Bolbec erleben, genau das wollte sie nun machen.

Damit stand sie energisch auf, putzte ihre nassen Füße an einem Papiertaschentuch ab und schlüpfte in ihre Sandalen. Dann hob sie Rucksack und Fotoapparat auf und machte sich weiter auf den Weg, der Landstraße folgend, den steilen Berg hinauf.

Es wäre so schön gewesen, das hier gemeinsam mit Roland zu erleben. Die kleinen Häuser mit den gepflegten Bauerngärten, die bis heute von den ehemaligen Arbeitern und ihren Nachkommen der Weberei von Bolbec bewohnt wurden. Mit welcher Liebe sie die Häuser und Gärten pflegten. Die vielen kleinen Details, die sie an den Haustüren, den Zäunen und den Vorgärten angebracht hatten. Roland wäre total verzückt beim Anblick dieser Idyllen.

Ja, gut, aus Ihrer Beziehung war gerade die Luft raus. Zu viel Arbeit, zu viel Stress in den letzten Jahren und dann auch noch die Wechseljahre. Ellen hatte sehr damit zu kämpfen gehabt, der Schlaflosigkeit, der nicht greifbaren Trauer und dem Gefühl, in einer Sackgasse zu stecken. Kaum hatte sie diese Zeit halbwegs überwunden, kam das Ende der Berufstätigkeit. Aber sollte nicht dieser Urlaub auch dazu da sein, all das mal endlich hinter sich zu lassen? Endlich wieder Spaß an den ganz kleinen Dingen im Leben zu haben? Nicht von Firma und Familie gelebt werden?

„Nein", schimpfte sie leise mit sich, „keine neuen traurigen Gedanken, Entdeckerfreude ist angesagt. Nur im Hier und Jetzt leben."

Etwas weiter den Berg hinauf erfreute sie sich an den wunderschönen alten Villen. Die nette Bedienung in der kleinen Bar an der Kirche hatte Roland und Ellen heute Morgen voller Stolz erklärt:

„Hier waren die ehemaligen künstlerischen Angestellten untergebracht. Ein kleines Künstlerdorf direkt vor den Toren der großen Fabrik. Es war wichtig gewesen, die Kreativlinge und Künstler in einer heiteren, naturbelassenen Umgebung wohnen zu lassen. Das hat ihrer Ideenwelt gutgetan. Ja, man hat damals die besten Künstler aus der Normandie hier versammelt. Nicht umsonst waren die Baumwollstoffe, die hier produziert worden sind, so berühmt gewesen. Gut, man konnte ja auch nicht anders, schließlich wirft Giverny auch hier noch immer seinen langen Schatten."

Damit schloss sie ihren Vortrag ab, wobei man deutlich merkte, dass sie sehr traurig war über die Vergangenheit der Textilindustrie in Bolbec's Geschichte.

Während Ellen langsam weiter lief, nahm sie sich vor, die Bedienung zu fragen, ob sie selbst Familienmitglieder hätte, die einen direkten Bezug zu der Fabrik haben. Denn die Servicekraft selbst war einfach viel zu jung, um dort angestellt gewesen zu sein. Die Textilindustrie war, wie an vielen Stellen in Europa, langsam nach der Mitte des letzten Jahrhunderts auch aus dieser Region verschwunden.

Bolbec, die „Hauptstadt des Goldenen Tals", so wurde sie damals genannt. Das war sogar vor Jahren Teil der Kunstgeschichte gewesen. Als studierte Textildesignerin war sie mit all diesen Details vertraut.

Irgendwie musste doch der unerwartete und eigentlich ärgerliche Pannenstopp an diesem Ort etwas Gutes haben. Jetzt hatte sie endlich wieder Zeit, sich der Kunstgeschichte zuzuwenden. Orte und Dinge zu entdecken. Ganz ohne Zeitdruck. Ellen befand sich genau auf dem richtigen Weg, dem Weg ihrer noch immer bestehenden Faszination für alles Textile. Auf den Spuren ihrer großen Leidenschaft.

Während sie ihren Gedanken nachhing, stellte sie fest, dass sie schon die Kreuzung passiert hatte, an der die *„Chapelle Sainte-Anne"* stand. Es war ihr erstes Ziel hier auf dem Weg zum Museum.

Diese Kapelle war 1902 von Louis Desgenétais, einem der Textilmeister, für seine Arbeiter errichtet worden. Die reichhaltige Innenausstattung stammte von Paul Baudoüin aus Rouen. Ein kleines kunsthistorisches Highlight.

Sie zückte schon mal ihre Kamera, während sie die letzten Schritte wieder zurücklief, als sie eine sehr vertraute Stimme sagen hörte:

„Hallo schöne Frau, bitte seien Sie nicht zu enttäuscht, aber der Zahn der Zeit und mehr als ein Jahrhundert haben dem Bauwerk sehr stark zugesetzt. Deshalb erwartet Sie in meiner Person ein ganz persönlicher seelischer Beistand."

Roland löste sich lachend aus dem Schatten des Baumes, der direkt neben dem Schild einer Bushaltestelle stand.

„Dachtest Du wirklich, dass ein Buch spannender sein könne als mit Dir zusammen eine exquisite Entdeckungstour ins GOLDENE Zeitalter?"

Ellen musste ebenfalls lachen, das war typisch Roland. Genauso war er. Es war das, was sie damals so an ihm anziehend und liebenswert gefunden hatte. Er war ihr also gefolgt, hatte den Bus genommen, um doch noch bei der Kulturtour dabei zu sein. Ellen fiel ihm um den Hals.

Gemeinsam liefen sie die letzten Schritte zurück zur Kapelle.

„Oh nein, ich kann wirklich Beistand gebrauchen", rutschte es Ellen raus.

Die Kapelle, ein wahres Juwel aus Jugendstil, Fantasie und arabisch anmutenden Gitter-Backstein-Elementen am Giebel, stand in einem trostlosen Zustand etwas hinter der Kreuzung wie an den Berg gelehnt. Sie war mit Gittern abgesichert. Auf großen Warntafeln wurde einem der Zutritt des Gebäudes mit dramatischen Worten untersagt. Weder das Haupttor noch der Weg rund um die Kapelle war freigegeben. Was auch ganz gewiss der Gesundheit viel zuträglicher war, angesichts der Steine, die sich aus dem Mauerwerk gelöst hatten und überall zu Boden selbst bis vor die Absperrgitter gefallen waren.

Rolands Bemerkung, dass der Zahn der Zeit diesem Bauwerk sehr zugesetzt hatte, war absolut auf dem Punkt. Dennoch beschloss Ellen die Kapelle von allen Seiten zu fotografieren. Die Details waren einfach zu schön und der morbide Gesamteindruck schon irgendwie faszinierend schaurig.

Roland machte sie auf winzige Details aufmerksam, zückte irgendwann sein Handy, um zusätzliche Fotos zu machen. Er war als Architekt plötzlich voll in seinem Element. Sie riefen sich die entdeckten Details zu, versuchten trotz Absperrung nahe genug an die Kapelle zu gelangen, um ins Innere blicken zu können. Sie glichen zwei Kindern auf Entdeckungstour inmitten eines verwilderten Gartens.

Roland war hinter eine Art Mauervorsprung geklettert, um, so hoffte er, zu entdecken, dass irgendwie die Absperrung aufgehoben wäre, als Ellen meinte, ein Gesicht hinter einem der Fenster zu sehen. Sie drückte auf den Auslöser. Aber als sie die Kamera sinken ließ, war da nichts, nur ein trübes, an einer Stelle bereits eingefallenes Fenster. Das Flirren der Sonne in den Blättern der Bäumen, ihre Schatten auf der Mauer im leichten Wind. Sie hatte sich täuschen lassen.

Roland kam zurück und berichtete, dass es kein Durchkommen gäbe.

„Die 100 Jahre des Schlafs der Kapelle sind leider noch nicht beendet. Hast Du nicht auch Lust auf einen kleinen Imbiss und ein schönes kühles Bier bei dieser Hitze? Ich habe vorhin auf der Fahrt mit dem Bus ein kleines Stück den Berg wieder herunter ein verlockendes Gartenlokal gesehen."

Roland war der Meinung, das hätten sie sich jetzt redlich verdient. Ellen willigte begeistert ein. Genau das war für sie Urlaub. Einfach endlich das Jetzt genießen.

2

Keine 10 Minuten später saßen sie im wunderschönen Naturgarten des Mini-Kaffees. Er habe, so hatte der Patron auf ihre Nachfrage erklärt, nur noch Baguette, die er aber gerne für sie mit Schinken belegen würde. Begeistert hatten sie zugestimmt und nun stellte er mit einem launigen „Bon Appetit" die Brote und zwei gut eingeschenkte Bier auf den Tisch.

Ellen schielte zu Roland hinüber. In den letzten Jahren hatten sie selten gemeinsam gegessen und wenn, dann meist in exquisiten Restaurants. Wie hatte sie das Einfache, Spontane vermisst. Wie ging es Roland, war er es nicht auch müde, immer im Terminkalender nachzuschauen, einen für alle genehmen Termin zu suchen, um dann in einem angesagten Restaurant einen Tisch zu bestellen?

In ihre Gedanken hinein legte plötzlich Roland seine Hand auf ihre, die auf dem Tisch lag.

„Wie wunderschön. So etwas haben wir schon lange nicht mehr gemacht. Was sagst Du?"

Ellen stimmte ihm gänzlich zu. Dann biss sie in das verlockende Brot, griff zum Glas und genoss diesen unwiederbringlichen Augenblick. Sie hörte den Vögeln zu und träumte hinter einem Eichhörnchen her, das sich über Ihren Köpfen von Ast zu Ast schwang.

Roland hatte inzwischen am Nebentisch eine Zeitung entdeckt, die er sich wippend auf dem Gartenstuhl herüber angelte. „Schau, sogar von heute. Sehen wir doch mal nach, was wir an diesem Wochenende so alles erleben können. Wir haben ja jede Menge Zeit. Schon irgendwie ein komisches Gefühl."

Er faltete die Zeitung auseinander und stutzte. Auf der ersten Seite prangte prominent das Bild eines Mannes. Dazu die Überschrift:

Cet homme a disparu!

Im nachfolgenden Artikel wurde berichtet, dass ein deutscher Professor der Atomphysik sich in Yvetot aufgehalten habe und nun seit 4 Tagen vermisst werde. Er sei am Abend nicht in sein Hotel zurückgekehrt, was beim Hotelpersonal Verwunderung ausgelöst hätte, denn sein Gepäck war zum Zeitpunkt der Zimmerreinigung am nächsten Morgen noch vorhanden. Zudem seien keinerlei Spuren seines Verbleibs in der Nacht im Hotelzimmer gefunden worden. Gleichzeitig aber hätte das Personal konstatiert, dass sein Zimmer durchsucht worden sei. Einige Schubladen des Schreibtisches seinen geöffnet gewesen. Auch fehlten sein Handy und sein Laptop. Die zuständige Gendarmerie hätte sofort eine Vermisstenanzeige entgegengenommen. Man tue alles, um den Aufenthaltsort der Person in Erfahrung zu bringen.

Nun wurde aufgerufen: Wer Kenntnis vom Aufenthaltsort dieser Person oder ihn in den letzten Tagen gesehen hätte, der solle sich bitte unter der folgenden Telefonnummer melden. Jedem Hinweis würde man sorgfältig nachgehen.

Danach folgte ein kurzer Bericht zur Person des Professors. Ein Deutscher aus Frankfurt, verheiratet und eine Tochter, die am Freitag Geburtstag gehabt hatte, den er eigentlich zusammen mit der Familie begehen wollte. Soweit zum derzeitigen Zeitpunkt bekannt war, wähnte ihn seine Frau auf einer Dienstreise, von der er aber pünktlich zurück sein wollte. Auch in der Universität, seinem aktuellen Arbeitsplatz, wusste man nicht mehr zu berichten. Seine Assistentin vermutete ihn gar im Kernforschungszentrum CERN in der Schweiz. Aber auch hier war er nicht aufgetaucht.

Ellen nahm ihr Handy aus der Handtasche und suchte Yvetot. Sie erinnerte sich, dass sie auf der Fahrt über die Autobahn kurz vor ihrer Panne ein Schild für diese Ausfahrt gesehen hatte. Einige Minuten später stellte sie fest, sie hatte sich nicht getäuscht. Zwei Ausfahrten vor Bolbec ging es ab nach Yvetot. Eine kleine Stadt von der Größe Bolbecs, was die Einwohnerzahl betraf. Konnte man da einfach verschwinden? Aus einer Laune heraus speicherte sie die angegebene Telefonnummer der Gendarmerie National von Yvetot in ihrem Handy ab.

In diesem Augenblick erschien der Patron, um sich zu erkundigen, ob alles nach Wunsch sei und ob eventuell ein weiteres Bier gewünscht werde. Als er die Zeitung vor Roland auf dem Tisch sah und feststellte, dass er den Artikel über den vermissten Professor las, kam er sofort auf diese Sache zu sprechen.

„Quel grand malheur",

begann er und drückte sein übergroßes Bedauern aus, dass ein Gast der Normandie keine 20 km entfernt plötzlich verschwunden sei.

„Natürlich ist das höchst ungewöhnlich. Ja, an der Küste, da kann schon mal eine Person, die unvorsichtig ist und viel zu nahe an den Rand der Felsen herangehe, den Halt verlieren, noch dazu bei der aktuellen Instabilität der Steine. Auch kann man auf den für viele ungewöhnlichen Kieselsteinen am Strand schon mal ins Taumeln und Rutschen kommen. Aber nein, da ist noch niemals ein Mensch verschwunden. Die Rettungsbrigaden sind da sehr zuverlässig.

Aber doch nicht 30 km entfernt von der Küste. Nein, nicht vorstellbar. Zudem wäre er doch dann schon längst gefunden. Nein, das ist ein wirkliches Drama. Hoffentlich hat er sich nicht wegen Schwierigkeiten in der Familie aus dem Staub gemacht. Auch das ist ja durchaus möglich. Die Freundin meiner Frau ist so einfach von ihrem Mann verlassen worden. Das war damals ein großes Elend. Sie hat doch plötzlich ganz ohne Geld mit den 3 Kindern im Haus gesessen. Konnte damals noch nicht mal Essen kaufen, geschweige denn die Miete bezahlen. Aber ein deutscher Professor, also da kann man doch Anstand erwarten. Er soll ja sogar richtig gebildet gewesen sein. Nein, ich werde später mal meinen Cousin in Paluel anrufen, der wohnt an der Küste. Eventuell weiß der ja was. Ach wissen Sie was, ich bringe Ihnen ein neues Bier und dann vergessen sie die ganze Geschichte. Ich nehme an, Sie sind im Urlaub hier, da braucht man so etwas nicht."

Er verschwand eifrig ins Lokal.

Roland sah Ellen verdutzt an. Solch einen Ausbruch hatten sie beide nicht erwartet. Aber gut, die Gegend war nicht unbedingt gesegnet mit Touristen. Jeder einzelne Gast war hier doch eine Besonderheit. Es war deutlich. So etwas war schlecht für den guten Ruf. Die Normandie war ein Ort, an dem man nicht verloren ging. Diese Haltung, dieser Gemeinschaftssinn gefiel ihnen beiden.

Aber dieses Drama war weit weg, sie hatten für den Nachmittag andere Pläne, denen sie nach dem Austrinken nachgehen würden.

Roland nahm sich das neue Bier, das der Patron brachte und erkundigte sich, wie weit es denn noch bis zum Textilmuseum sei. Eifrig erklärte der Wirt ihnen den Weg.

„Ein guter Vorsatz. Wahrlich ein gutes Projekt dieses Textilmuseum und diese fleißigen ehemaligen Mitarbeiter."

Dann ließ er es sich nicht nehmen, ihnen das letzte Bier als Service des Hauses zu offerieren.

„Schließlich sind Sie bei uns in der wunderschönen Normandie zu Gast. Wer will schon einen schlechten Eindruck mit nach Hause nehmen. Nein, wir sind freundliche Menschen. Solch eine schlimme Geschichte, da steckt bestimmt eine Frau dahinter. - Nichts für ungut, Madame."

Damit verschwand er zufrieden in sein Lokal, seine Welt war wieder ins Gleichgewicht gebracht.

3

Zuerst liefen Ellen und Roland die nächsten Meter schweigend zurück auf die Landstraße, aber je weiter sie sich vom Lokal entfernten, desto angeregter wurde ihre Unterhaltung über die Ausführungen des Patrons. Nein, befanden beide, es würde im Endeffekt gewiss eine ganz einfache Lösung geben.

„Wir sind in der Normandie", wiederholte Roland lachend die Worte des Gastwirts, „hier gibt es so etwas nicht!"

Aber warum begab sich ein Mann aus Frankfurt einfach so in die Normandie, irgendwo aufs platte Land. Er wollte gewiss seine Ruhe haben und ungestört nachdenken, mutmaßten sie. Sicher würde man ihn in den nächsten Tagen finden und er wäre sich keiner Schuld bewusst.

„Verstreuter Professor halt."

Die nächsten Meter erinnerten sie sich an einige Professoren aus ihrer Studienzeit und Erlebnisse mit ihnen.

Ellen hatte damals ihr Studium Textilwissenschaften und anschließend Psychologie in Stuttgart absolviert, während Roland in Aachen Bauingenieurswesen und Architektur studiert hatte. Nach dem Studium war Ellen an den Niederrhein gekommen, um in Mönchengladbach bei einer großen Textilweberei das Entwurfsatelier zu leiten. Nachdem die Firma als eine der letzten Textilwebereien ihre Fabrikation aufgab, entschied sie sich, ein eigenes Atelier zu eröffnen. Von der reinen Weberei entwickelte sie eine eigene Modelinie, die sie auf Messen präsentierte und baute sich einen Kundenstamm auf. Bald war sie, die ja auch Psychologie studiert hatte, eine gefragte Analystin, die mit Fachartikeln über unbewusstes Kaufverhalten und Strukturen in der Entwicklung von Modetrends international auf sich aufmerksam machte.

Roland war nach dem Studium in Aachen geblieben und wollte Erfahrungen in anderen Firmen als im elterlichen Architekturbüro auftun. Weil er die damals zum Verkauf stehende Fertigungshalle der Textilweberei, die von Ellens ehemaligem Arbeitgeber war, als möglichen Standort einer Filmfirma überprüfen musste, traf er auf Ellen. Für beide, die zu diesem Zeitpunkt noch in festen Verbindungen lebten, war es Liebe auf den ersten Blick. Es entwickelte sich eine Fernbeziehung, bis Roland beschloss, ein Büro in Wachtendonk zu eröffnen. Seitdem lebten sie zusammen am Niederrhein.

Schon näherten sie sich dem beschriebenen Abzweig zum *„Atelier-Musée du textile"*. Sie waren nun tatsächlich außerhalb des bebauten Ortsgebietes angelangt. Die letzten Häuser lagen hinter ihnen. Ein großes Waldstück zog sich rechter Hand den Berg hinauf. *„Rue Auguste Desgenetais"* stand auf einem Schild direkt an einem nicht stark befahrenen Abzweig. Sie waren genau richtig, denn das war der Name des Textilmeisters, der auch der Stifter und Erbauer der *„Chapelle Sainte-Anne"* war, die auch der Patron ihnen genannt hatte.

Nachdem sie die Straße überquert hatten und ein kleines Stück den Abzweig hinunter gegangen waren, wies ihnen ein verrostetes Schild an einem verfallenen Tor, das nur an einer Seite an einem in die Jahre gekommen Teilstück eines ehemaligen Zaunes hing, den weiteren Weg. Es war nur mit

Mühe oder wie Roland es nannte, mit der nötigen Fantasie zu entziffern als:

ATELIER-MUSÈE DU TEXTILE.

Über einen verwilderten, lang gestreckten Hof ging es weiter. Sie kamen an einer alten, heruntergekommenen Villa vorbei. Teilweise war kein Glas mehr in den Fenstern. Aus einem wehte eine schmutzige, zerrissene Gardine. Die Villa wurde augenscheinlich doch von Personen genutzt. Ellen sah eine relativ neue Matratze, die man im Flur hinter der halb offenen Eingangstür erblicken konnte. Während sie all das fotografierte, machte Ellen Roland auf die Szenerie aufmerksam und hatte plötzlich wieder das Gefühl, dass sie eine Person aus den Fenstern heraus beobachtete. Was war denn heute nur mit ihr los?

Sie liefen weiter über den schattenlosen, staubigen Hof. Ellen hätte sich nicht gewundert, wenn hier die berühmten Buschballen, die Tumbleweeds der amerikanischen Prärie, in der flirrenden Hitze des Nachmittags über den Hof gerollt wären.

Es war irgendwie eine irreale Szenerie, dieses alles hier. Selbst das verlassene Firmengelände ihrer alten Firma war für sie niemals so trostlos gewesen wie dieses Stück.

Wenig später gelangten sie auf ein befestigtes Stück Weg, der sich zwischen alten, verlassenen Fabrikgebäuden befand. Ein handgemaltes Pappschild an einer der Hallenwände zeigte einen geradeaus gerichteten Pfeil, darunter der Hinweis: Musée Textil. Linker Hand tauchten einige wenige Autos vor einer renovierten Halle auf und darüber stand auf einer professionellen Werbetafel:

CENTRE MUSCULATION BOLBEC.

Ganz augenscheinlich ein Fitnessstudio. An diesem Samstagmittag nicht gerade gut besucht. Man konnte mutmaßen, ob es die Hitze, die abschreckende Einsamkeit oder die Qualität des Studios war, die so wenig Kunden hierhin gelockt hatte.

Ellen fröstelte in der brütenden Hitze zwischen den rostigen Hallen ein bisschen.

Das hier war definitiv nicht der Ort, an dem man ein Textilmuseum erwartete, das die Geschichte von weltberühmten Stoffen erzählte. Hier war nicht das, was man auch nur annähernd als „Goldenes Tal" bezeichnen konnte. Dies hier war ein absolut desolates Gelände. Höchstens geeignet, um einen Western zu drehen.

Sie war froh, dass sie hier nicht alleine herumirren musste. Die Stille war fast unerträglich. Zudem wucherte überall Unkraut zwischen den vom Rost aufgeborstenen Stahlwänden der Hallen. Junge, kleine Bäume konnte man im Licht durch die fehlenden Elemente der Hallenwände im Inneren sehen. An einigen Stellen war auch die Hallendecke eingefallen und hing teilweise über die Mauern, was diesen Abschnitten noch mehr Hoffnungslosigkeit gab.

Waren sie noch auf dem richtigen Weg? Wo war der nächste Hinweis?

Es war wie eine Schnitzeljagd zu etwas, das aber nicht zu existieren schien. Eine Schnitzeljagd zu einem Museum. Wahrlich etwas, das sie bereits als Kind gehasst hatte. Zudem taten ihr inzwischen die Füße in den offenen Sandalen durch all die Steinchen weh, die immer wieder zwischen Fuß und Sohle landeten. Ständig musste sie sich bücken, die Sandalen abstreifen und die Füße säubern. Ellen fühlte sich höchst unbehaglich.

Roland hatte inzwischen auf der rechten Seite der Hallenstraße ein weiteres Schild gefunden. *„Bolbec au Fil de la Memoire"* lautete die handschriftliche Botschaft. Also ein historisches Museum. Wofür, das blieb im Dunkeln. Die Halle war mit einer massiven neuen Kette und einem Sicherheitsschloss verrammelt. Oberhalb der Tür hing eine Kamera. Wofür? Hier war keine Menschenseele weit und breit zu entdecken. Eine Eidechse floh vor ihnen über die wenigen Steine, die wohl mal in dieser Straße zur Befestigung gepflastert worden waren.

Etwas weiter ein zweites handgemaltes Schild, wiederum mit Pfeil und dem Hinweis zum Textilmuseum. Also weiter gehen. Noch waren sie nicht am Ende dieser Hallenstraße angelangt. Aber es wurde deutlich, sie mussten wohl auch noch das letzte Stück gehen.

Plötzlich und unerwartet öffnete sich eine enge Gasse zwischen den Gebäuden nach rechts und gab den Blick frei auf ein großes, verschlossenes Rolltor. Daran ein wiederum verrostetes Schild mit der so ersehnten Mitteilung, dass hier das Textilmuseum seine Räume hatte.

Roland ging näher an das Schild heran und las laut vor:

„Dieses Museum ist vom 1. April bis zum 30. August am Sonntag von 11:00 – 16:00 h geöffnet. Ansonsten nach Vereinbarung für Gruppen ab 10 Personen nur mit Führung. Dazu gibt es hier eine Telefonnummer."

Ellen war enttäuscht. Sie hatten gefunden, wofür sie den doch beschwerlichen, langen Fußweg in der Hitze auf sich genommen hatten, aber der Wunsch, durch die Halle mit den Maschinen zu streifen, ihre Hand auf die Baumwollkette und die ehemals heiß begehrten, traumhaften Produkte zu legen, sollte nicht in Erfüllung gehen. So kurz vor dem Ziel.

Sie schritt energisch auf das Rolltor zu, ergriff den Hebel und zog mit aller Kraft daran, um die Halle zu öffnen. Nichts rührte sich. Roland hatte indes eine Tür im Rolltor entdeckt, die aber auch mit einer dicken Kette und einem weiteren Sicherheitsschloss, gleiche Machart wie am anderen Tor, gesichert war. Auch hier hing eine Kamera über ihren Köpfen an der Wand.

Ellen traf aus Frust, wie ein kleines Kind, gegen die Mauer. Ein kleiner Stich zog durch ihren Fuß. Na toll, jetzt hatte sie sich auch noch wehgetan. Roland lachte schallend.

„Das hast Du früher auch immer getan, wenn bei unseren Umzügen etwas schieflief! Ich dachte schon, das hätte sich ausgewachsen."

Dann nahm er sie in den Arm.

„OK, morgen ist Sonntag, aber wir haben den 2. September. Dein Traum geht nicht in Erfüllung, da kannst Du treten, so lange Du willst. Und eine Gruppe sind wir auch nicht. Wüsste auch nicht, wie wir beiden eine Gruppe bilden könnten. Also fällt diese Option auch aus. Es scheint, als müssten wir uns hier mit den Gegebenheiten abfinden, wie sie sind.

Aber! Wir sind nicht umsonst hier. Wir werden jetzt auf Abenteuer-Entdeckungstour durch die offenen Hallen gehen. Gib mir doch bitte die Kamera, ich werde die zerbrochene Schönheit festlegen. Man kann nicht wissen, wozu man diese Fotos verwenden kann. Ich hoffe, ein fetter Rekonstruktionsauftrag erwartet mich doch noch mal zu Hause und deshalb sind wir hier gelandet. Machen wir also das Beste aus der Situation!"

Roland gab ihr einen Kuss und schritt auf die gegenüberliegende Halle zu, der ein großes Stück Wand fehlte. Kurz davor blieb er stehen und forderte Ellen auf, ihm zu folgen. Danach trat er ein.

Zögernd betrat auch Ellen die Halle. Eigentlich war das, was Roland ihr gerade vorgeschlagen hatte, typisch für ihn. Die Situation konnte noch so vertrackt sein, er fand den Punkt, und sei er noch so winzig, der das Ganze wieder spannend und besonders machte. Ellen war davon überzeugt, dass dies der Grund war, weshalb Roland ein so erfolgreicher Architekt im Bereich Renovierung gewesen war. Einige Male hatte man ihn auch jetzt nach seiner Pensionierung als Berater herangezogen. Wie oft hatte er mit seiner positiven Haltung selbst schon die sauertöpfischen Kunden begeistert, die unter der Last eines denkmalgeschützten Objekts stöhnten. Bis sie dann in den vorsichtig renovierten Räumen standen.

Also dann, auf zum Rückweg durch die Hallen.

4

Sie benötigten einige Augenblicke, bis sich ihre Augen vom gleißenden Sonnenlicht im Hof an die Dämmerung in der Halle gewöhnt hatten.

Ellen nahm herabgestürzte Balken, aufgeweichte Kartons, Plastiksäcke und alte Garnrollen am Boden wahr. Irgendwann hatte mal hier einer den Boden gefegt, sodass ein kleiner Weg bis zur Mitte der Halle entstanden war. Man konnte die Halle nun ungefähr 100 Meter in Richtung Ausgang des Fabrikgeländes ablaufen. Allerdings musste man an einigen Stellen entweder einen Bogen schlagen oder über Hindernisse klettern. Hier sah man wieder grelles Sonnenlicht aus der Seitenwand in die Halle fallen. Da wo die Decke aufgebrochen war und die Hindernisse lagen, fiel Licht von oben auf die morbide Szenerie. Roland hatte Recht, es war inspirierend.

Roland war inzwischen bis zum Ende des gekehrten Weges gelaufen und hatte die Kamera gezückt. Er blickte hinauf, da wo Decke sein musste. Sein Blick landete in einem dichten Blätterdach, das die Bäume hier im hinteren Teil der Halle seit Jahrzehnten ausgebildet hatten. Er erklärte Ellen, dass er sich schon oft gewünscht hätte, ein Haus mit solch einer Öffnung zu gestalten.

„Stell Dir hier ein eingefügtes Glasdach vor und darunter ein Essplatz oder eine Sofalandschaft."

Dann zückte er die Kamera und legte auf einigen Fotos aus verschiedenen Positionen heraus diesen Gedanken für seinen „Himmlischen Platz" fest.

„Du wirst sehen, wir kommen nach unserer Normandie-Zeit nach Hause und es wird sich etwas ergeben. Wir müssen nur daran glauben. Wäre selbst schön, wenn Du dann einige der alten Muster in exklusiver Auflage für Kissen und Bezüge nur für dieses Projekt rekonstruieren könntest. Es wäre dann mal wieder unser gemeinsames Baby."

Bei diesem Gedanken summte Roland vergnügt vor sich hin, umrundete mit leichtem Schritt einige große Balken und half ihr sehr galant beim Überklettern.

„Ich sollte später im Hotel einige Skizzen machen. Habe zwar meinen Block im Auto gelassen, aber man wird uns sicher eine weiße Serviette geben. Das wird bis zur Fertigstellung der Reparatur helfen."

Danach eilte er mit langen Schritten weiter durch die Halle. Ellen sah ihm lächelnd nach. Es war gut, sich für diese Reise entschieden zu haben. Sie hatten sich beide schon lange nicht mehr so planlos treiben lassen, so einfach eine Situation angenommen. Keine Diskussion, dass man doch eigentlich … dann folgte das aber. Standard der letzten Zeit.

Ellen musste sich ein bisschen beeilen, denn Roland, der bereits ein Stück vorausgeeilt war, starrte nach oben und rief mit gedämpfter Stimme nach ihr. Irgendetwas Besonderes musste er entdeckt haben.

Als Ellen bei ihm angelangt war, legte er den Finger auf die Lippen und zeigte hoch. Dort sah sie zwischen den Zweigen ein Nest. Ein Vogel kam angeflogen und sofort kam aus dem Nest ein lautes Piepen. Es war Fütterungszeit. Inmitten des Verfalls eine Kinderstube. Ja, die kleine Vogelfamilie hatte sich tatsächlich ungestört hier eine Zukunft gebaut.

„Wir sollten sie nicht weiter stören",

raunte Roland und zeigte auf eine Lücke in der Hallenwand keine 5 m entfernt. Beide lösten sich von der Szenerie über ihren Köpfen und kletterten langsam über einen Schuttberg aus Steinen und Sand auf die Öffnung zu. Ellen verfluchte ihre Sandalen. Sie musste stoppen und versuchen, den Lappen, der sich an einer Stelle des Schuhs verfangen hatte, zu lösen. Als sie einen kleinen Schritt zurücktrat, fühlte sie etwas Weiches unter ihrer Sohle. Ellen bückte sich und blickte direkt neben ihrem Fuß in die starren Augen eines Menschen.

„Roland", krächzte sie.

Mehr bekam sie nicht aus ihrer Kehle, alles war plötzlich trocken und sie meinte, ihr Herz höre auf zu schlagen. Aber dieses Krächzen war doch bis zu Roland gelangt. Er drehte sich zu ihr um und schaute sie entgeistert an.

„Mein Gott, ist Dir schlecht? Du siehst grauenvoll aus! Warte, ich komme."

Schon eilte er auf sie zu. Er ist, schoss es Ellen durch den Kopf, bereit, mich aus diesem Albtraum zu holen. Dann brach sie in Tränen aus.

Roland war bei ihr angekommen und stand jetzt etwas hilflos vor ihr.

„Was ist passiert? Wo tut es weh? Bist Du in eine der Glasscherben getreten? Warte, ich helfe Dir."

Ellen konnte nur mit dem Kopf schütteln und auf den Boden und die Augen neben ihren Füßen zeigen. Roland schaute nach unten, bückte sich, um genauer zu sehen und wich zurück.

„Ist das ein Mensch?"

Ellen war noch nicht in der Lage zu reden. Ihre Kehle war immer noch trocken und wie zugeschnürt. Sie konnte nur nicken, was aber reichte, ihre Starre zu lösen. Es war, als würden sich ihre Gedanken überschlagen.

Sie war mal in ihrer Jugend Ersthelferin in einem Team von Sanitätern gewesen. Vorbereitung zu einem geplanten Medizinstudium. Die damals eingetrichterten Handlungen, die zu unternehmen waren, fielen ihr wieder ein. Obwohl ihr immer noch die Tränen über das Gesicht rannten, konnte sie endlich mit fester Stimme sagen:

„Wir müssen zuerst feststellen, ob er wirklich tot ist. Dazu musst Du mir kurz helfen, den Hals freizumachen, ohne ihn großartig zu bewegen. Bitte gib mir das schmale Holzstück hinter Dir. Aber zuerst musst Du bitte Fotos von der Situation jetzt und dem Kopf mit meinen Füßen machen. Schaffst Du das? Du bist jetzt auch leichenblass."

Roland hob die Kamera hoch, beugte sich über ihr Bein und fotografierte die Szenerie, den Schuttberg, den kompletten Ort. Dann drehte er sich herum und reichte Ellen den angewiesenen Holzstab.

Ellen hob vorsichtig das Tuch zur Seite, das ganz offensichtlich über den Körper ausgebreitet war und nur durch das Verfangen in ihrer Sandalette den Blick auf den Kopf freigegeben hatte. Sie drückte Roland den Stab mit dem angehobenen Tuch in die Hand, bückte sich und stellte fest, dass süßlicher Leichengeruch zu ihr aufstieg. Diese Person war definitiv tot. Zudem war sie zumindest am Oberkörper unbekleidet.

„Da muss ich keinen Puls mehr kontrollieren, er fängt an zu riechen. Wir versuchen das Tuch zurückzulegen, markieren die Stelle und rufen die Polizei. Ach ja, wenn ich mich nicht sehr irre, ist das die vermisste Person aus der Zeitung."

Sich gegenseitig stützend traten sie gemeinsam den Weg zur Hallenstraße an. Dort angekommen, zurück im Sonnenschein, der alles noch unwirklicher machte, kramte Ellen ihr Handy aus dem Rucksack und wählte die Nummer, die sie aus der Zeitung abgespeichert hatte.

Nachdem sie *die Gendamerie National* in Yvetot verständigt hatte, ließ sie sich auf die Straße sinken. Ihre Beine wollten sie nicht mehr tragen, während Roland zur Seite gegangen war und sich übergeben musste.

5

Wenig später war das Tal von den Tönen der herannahenden Sirenen erfüllt. Ein Krankenwagen bog in die Hallenstraße ein, dicht gefolgt von zwei Polizeiwagen.

Plötzlich waren sie beide umringt von lauter fremden Personen. Die ganze Hallenstraße war voller Leben und aus der Richtung des Fitnessstudios strömten ebenfalls Menschen, angelockt durch die Martinshörner zu ihnen.

Aus einem der Polizeifahrzeuge stieg ein Mann in ziviler Kleidung und ging auf Roland und Ellen zu, die beide noch immer auf der Straße saßen.

„Bonjour Madame et Monsieur. Ich bin der leitende Commissaire Renaud Champignon aus Bolbec. Madame Sie haben meine Kollegen in Yvetot informiert und denken, den Leichnam des Vermissten gefunden zu haben? Sie sind keine Franzosen und nicht von hier? Aber Sie verstehen mich?"

Ellen bestätigte.

„Bevor wir mit Ihnen ausführlich reden, können Sie mir bitte die Stelle zeigen? Dann würden meine Leute schon mit ihrer Arbeit beginnen. Oder sind Sie dazu noch nicht in der Lage? Ich kann das verstehen, aber je eher Sie das hinter sich gebracht haben, desto besser. Sie verstehen?"

„Doch wir können gehen. Ich zeige es Ihnen. Wir, mein Mann Roland und ich haben, nachdem ich festgestellt habe, dass es sich um einen Toten handelt, nichts mehr bewegt."

Ellen erhob sich endlich vom Boden, auf dem sie noch immer gesessen hatte. Sie schwankte leicht, konnte sich aber rechtzeitig an der Hallenwand auffangen. Sofort stand ein

Rettungssanitäter neben ihr und stützte sie. Auch um Roland bemühte man sich.

„Geht es?"

„Ja, danke, wir sollten gehen."

Vorsichtig und ihren Beinen noch nicht ganz vertrauend, weshalb Ellen dankbar für die Unterstützung des Rettungssanitäters war, traten sie in die Halle. Ellen ging mit dem Team zu der Stelle, die sie vorsichtshalber markiert hatten. Der Commissaire dankte ihr und bat den Sanitäter, Ellen zurück auf die Hallenstraße zu begleiten und sie dort medizinisch versorgen zu lassen.

„Geben Sie ihr bitte zu trinken."

Draußen saß Roland auf der Ladefläche des offenen Rettungswagens, trank aus einer Wasserflasche und sprach mit einem der Polizisten, der seine Aussage aufnahm. Ellen bekam ebenfalls eine Flasche Wasser gereicht und setzte sich neben Roland. Sie stellte mit dem ersten Schluck fest, dass sie dieses Wasser dringend benötigt hatte.

„Ich werde gleich auch mit Ihnen sprechen", wandte sich der Polizist an sie, „so lange bitte ich Sie, sich untersuchen zu lassen."

Ellen wurde sanft am Ellenbogen gefasst und um das Auto herum seitlich ins Innere gebracht. Hier stellte man ihre Vitalwerte fest. Danach lehnte sie sich erschöpft im Sitz zurück und schaute durch die Heckscheibe hinaus auf die Hallen und dann den Weg entlang. Man hatte Absperrungen mit Bändern errichtet und schütze das, was sich hier abspielte, so gut es ging vor den immer noch hinzuströmenden Neugierigen. Plötzlich versuchte ein Mann mit Kamera sich durch die Bänder zu drängeln. Sofort schob ihn ein Polizist ungeachtet seiner lauten Proteste zurück.

„Ist die Presse bei Ihnen auch so zügellos?"

Ellen lächelte und stellte fest, dass zügellos ein grandioses Wort für dieses Verhalten war. Aber sie konnte es dem Pressemenschen nicht verübeln. Endlich war mal etwas anderes los als die nächste grandiose Show von wundervollen normannischen Rindern. Sie musste leise lachen. Genügend Rindviecher waren bestimmt auch unter den Neugierigen. Genau in diesem Moment glaubte sie wieder das Gesicht in der Menge zu sehen. Ziemlich weit hinten. Ein eiskalter Schauer lief über ihren Rücken. Bevor sie weiter darüber nachdenken konnte, trat der Polizist nun zu ihr.

„Gestatten, Capitaine de Police, Paul Rober aus Bolbec. Ich werde Ihnen nun einige Fragen stellen, die ich protokolliere. Danach können Sie sich ins Hotel begeben. Wir werden Sie dorthin bringen. Wie ich von Ihrem Mann verstanden habe, sind Sie wegen einer Autopanne zu Fuß hier. Darf ich von Ihnen erfahren, warum Sie sich hierhin begeben haben?"

Ellen erklärte ihm, dass sie nicht im Hotel bleiben wollte und sich ein interessantes Ziel gesucht hätte.

„Dabei bin ich, dank des Gesprächs mit der Bedienung des kleinen Cafés an der Kirche in Bolbec, auf das Textilmuseum gestoßen. Sie müssen wissen, die Geschichte des „Goldenen Tals" hatten wir in Kunstgeschichte. Ich habe Textildesign studiert."

Der Capitaine machte sich Notizen.

„Sie kennen das Opfer nicht? Wieso wussten Sie, um wen es sich handelt?"

Ellen erzählte ihm von der Rast im kleinen Lokal nicht weit die Hauptstraße runter in Richtung Bolbec und das Roland, also ihr Mann, die Zeitung mit der Meldung dort auf dem Nebentisch vorgefunden hat.

„Bitte sprechen Sie mit dem Patron, der kann es Ihnen bestätigen. Wir haben dann über den Vermissten geredet."

Der Capitaine schrieb wieder alles in sein Notizheftchen und sah dabei zufrieden aus. Bestimmt hatte Roland die Geschichte auch schon erzählt.

„Sie kannten also diesen Jens Rotenfels nicht. Aber wieso wussten Sie, dass es sich um ihn handelt?"

„Das Bild von ihm in der Zeitung. Ich habe es mir eingeprägt. Man weiß ja nie. Zudem wurde um Mithilfe bei der Suche gebeten. Da schaut man schon genauer hin. Man weiß ja nie, auch weil ich ein sehr gutes Personengedächtnis habe. Also habe ich noch sicherheitshalber die angegebene Telefonnummer abgespeichert."

„Wie konnten Sie seinen Tod so deutlich feststellen?"

„Ich habe mich in meiner Jugend in Vorbereitung auf ein eventuelles Medizinstudium als Ersthelferin ausbilden lassen. Habe aber nach einigen Einsätzen festgestellt, dass dies nicht mein Weg ist. Es ist wie Fahrradfahren, man weiß, was zu tun ist. Wir haben auch Fotos vom Verstorbenen und der Fundstelle gemacht."

„Ihr Mann hat uns schon seinen Fotoapparat zur Verfügung gestellt. Danke. Warten Sie bitte einen Augenblick, ich erkundige mich, ob wir Sie jetzt ins Hotel bringen können."

Damit verschwand er und Ellen schaute sich nach Roland um.

Der saß noch immer im Rettungswagen. Er hatte endlich wieder eine normale Gesichtsfarbe. Ellen ging zu ihm und setzte sich dicht neben ihn. Es tat so gut, ihn zu spüren. Als er seinen Arm um sie legte, fing sie plötzlich an zu zittern. Gleichzeitig liefen wieder Tränen über ihre Wangen.

„Scheiße, aber es tut gut. Nun erlebst Du, warum ich niemals ein guter Arzt geworden wäre. Zu viel, viel zu viel Empathie."

Roland lachte leise auf.

„Aber das war schon eine coole Vorstellung, die Du da vollbracht hast. Sofort handeln, Lage unter Kontrolle bringen. Genauso hast Du das auch immer mit den Kindern gehandhabt, wenn die mit Blessuren kamen. Um dann, wenn es vorbei war, aus den Latschen zu kippen. Du hast meine volle Bewunderung. Habe ich auch diesem Polizisten gesagt."

Damit drückte er ihr einen Kuss auf die tränenverschmierten Wangen.

„Du ruinierst mir noch glatt den letzten Rest eines kunstvollen Make-ups, das ich heute Morgen aufgelegt habe."

Beide mussten lachen.

„Ich würde etwas für eine Dusche geben. Die könnte ich wirklich sehr, sehr gut gebrauchen."

Als hätte Ellen mit diesen Worten Capitaine Rober aus dem Hut gezaubert, stand er vor ihnen.

„Wir bringen Sie nun ins Hotel. Dafür benutzen wir ein Zivilfahrzeug, damit Sie unbehelligt das Hotel betreten können. Aber bitte halten Sie sich zu unserer Verfügung. Wir werden nochmals mit Ihnen sprechen müssen. Für heute ist es genug für Sie gewesen. Brauchen Sie sonst noch etwas? Lassen Sie es uns bitte wissen. Den Fotoapparat bringe ich Ihnen schnellstmöglich zurück. Sie wollen ja gewiss nun schönere Dinge ablichten, n'est-ce pas?"

„Nur eine Frage noch. Ist es die gesuchte Person, Jens Rotenfels?"

Ellen musste es wissen.

„Das darf ich Ihnen zu diesem Zeitpunkt nicht bestätigen. Aber sie haben wirklich ein gutes Personengedächtnis."

Schmunzelnd gab der Capitaine Ellen diese, die Verschwiegenheit beachtende, Auskunft.

6

Sie betraten unbehelligt von Neugierigen das Hotel.

Ein neutraler Wagen hatte hinter dem Sanitätswagen gehalten und sie einsteigen lassen. In Absprache mit dem Fahrer waren sie bereits an der Kreuzung vor dem Hotel ausgestiegen. Es tat gut, die letzten Schritte zu laufen.

An der Rezeption stand die Besitzerin Madame Lorote und begrüßte sie freundlich.

„Ich hoffe, Sie hatten einen wundervollen Tag."

Damit reichte sie ihnen den Zimmerschlüssel. Wenn sie wüsste. Ellen wollte nur noch ins Zimmer. Sie wollte duschen, aber vor allen Dingen, diese Sandalen, die sich im Tuch des Toten verfangen hatte oder war es umgekehrt, von den Füßen bekommen.

Roland hatte das Zimmer nach ihr betreten und sofort die Fenster aufgerissen. Nun starrte er schweigend in den Garten. Auf ihre Frage, ob er ihr den Vortritt in der Dusche lassen würde, antwortete er nicht.

Ellen schleuderte die Sandalen von den Füßen, deponierte sie sofort im Mülleimer und zog sich danach langsam aus. Sie fühlte sich wie nach einem Marathon. Nicht, dass sie den je gelaufen war, aber es war das Einzige, was ihr einfiel, um ihren Zustand zu erfassen. Sie drehte den Wasserkran auf und ließ den warmen Strahl lange über sich laufen, bevor sie zum Duschgel griff und sich einseifte. Der vertraute Geruch des Gels löste etwas in ihr. Es war eine große, unwirkliche Angst, die sie bisher wie in einem Kokon gefangen gehalten hatte und der sich nun langsam auflöste. Sie rutschte die Wand an den

Kacheln nach unten und weinte. Kein stilles Weinen, nein, ein kräftiges, lautes Weinen. Sehr bewusst, voller Trauer um den Tod eines ihr völlig Unbekannten.

Roland kam ins Bad, rollte die Duschtür zur Seite und schaute lange auf sie herunter.

„Dein erster Toter?"

„Ja - nein, also der erste Unbekannte. So plötzlich und ohne Vorwarnung. Bisher waren es Verletzte, auch Schwerverletzte, man fuhr sehr bewusst zu ihnen hin. Da konnte ich etwas tun. Warum? Warum dieser Mann, was hat er getan? Ich weiß, Du hast keine Antwort darauf, aber ich frage trotzdem, WARUM?"

Roland nahm das Handtuch vom Haken und reichte es ihr.

„Ich frage mich das auch, finde aber genauso wenig eine Antwort. Mach das Wasser aus, wickle Dich ins Handtuch ein und lege Dich etwas hin. Ich werde auch unter die Dusche krabbeln und dann, wenn Du magst, zu Dir kommen. Nur auch ich will das alles abwaschen. Und doch weiß ich, das wird nicht so einfach gelingen."

Ellen fand, dass er Recht hatte. Sie trocknete sich ab und legte sich aufs Bett. Wie würde es weiter gehen? Wann würde sich die Polizei wieder melden? Wurden sie etwa verdächtigt? - Und warum sah sie immer das Gesicht?

Kurz darauf kam Roland aus der Dusche, krabbelte ganz dicht an sie heran und eng umschlungen lagen sie auf dem Bett.

„Roland, da gibt es etwas, was Du wissen solltest. Ich sehe seit heute Mittag, also seit dem Besuch der „Chapelle Sainte-Anne" immer wieder das Gesicht eines Mannes. Zuerst hinter einem kaputten Fenster, dort, dann im oberen Stockwerk des Hauses, also der Villa zu Beginn des Areals und dann in der Menge der neugierigen Menschen. Glaubst Du, ich sehe Gespenster? Bin ich etwas tickie?"

Roland knurrte in ihren Nacken. Er konnte doch bitte jetzt nicht eingeschlafen sein? Oder war auch sie etwa in den Schlaf gefallen und durch diese Geschichte unbewusst wieder wach geworden?

Gut, dann musste sie doch selbst versuchen, Licht in dieses Dunkel zu bringen. Vorsichtig löste sie sich aus der Umarmung und stand auf. Wo hatte Roland die Kamera hingelegt? Man konnte ja mal nachschauen. Eventuell die Bilder gleich auf den Laptop laden. Da sah man die Bilder deutlicher und konnte sie auch noch weiter vergrößern.

Während sie zum Schreibtisch lief, fiel ihr ein, dass Roland die Kamera ja der Polizei zur Verfügung gestellt hatte. OK, dann bekamen sie wenigstens mal schöne Bilder zu sehen. Bilder der Kapelle, die man so verwahrlosen ließ. Ellen musste bei dem Gedanken schmunzeln.

Roland schien von ihrem Tatendrang wach geworden zu sein. Er blinzelte zu ihr herüber.

„Ich hoffe, ich hatte nur einen sehr abstrusen Traum. Allerdings fürchte ich, es ist doch Realität. Haben wir wirklich einen Toten gefunden? Diesen vermissten Professor?"

Ellen bejahte und fand, dass sie im Augenblick ihre Befürchtungen im Fall des immer wieder auftauchenden Gesichtes nicht nochmals zur Sprache bringen sollte. Erst die Kamera, erst Gewissheit! Erst danach wollte sie mit Roland darüber sprechen und eventuell auch mit der Polizei.

„Sag mal, hast Du auch Hunger?", fragte Roland.

„OK, ist etwas unpassend eventuell, aber ich habe wirklich Hunger. Ich schlage vor, wir suchen uns etwas zu Essen."

Ellen stellte fest, dass sie auch etwas vertragen könnte. Sie sehnte sich nach einem schönen Glas Rotwein.

Somit war die Sache beschlossen. Anziehen und sich auf die Suche nach einem Restaurant machen. Das, was sie da am vorigen Abend nur ganz kurz zu sich genommen hatten, eine Pizza, die zwar gut war, aber nun wirklich nicht ein Gericht war, das man in Frankreich erwarten durfte, wollten sie heute nicht wiederholen. Man konnte doch sicher die Besitzerin des Hotels fragen!

Nachdem sie sich angezogen und fertig gemacht hatten, inspizierte Ellen nochmals ihre Sandalen angewidert und mit spitzen Fingern im Mülleimer. Roland hatte derweil alle Fenster geschlossen. Anschließend schlossen sie das Zimmer sorgfältig ab und begaben sich zur Rezeption, wo noch immer die Besitzerin Dienst hatte.

„Ein bisschen ausgeruht und nun bereit, unser Nachtleben zu erkunden?", fragte Madame Lorote gut gelaunt.

„Was kann ich Ihnen empfehlen?"

Roland bat sie um die Adresse eines netten Restaurants mit französischen Spezialitäten.

„Bien sûre, ich denke, dass das *„Le Rendez-vous"* für Sie das Richtige ist. Nicht zu weit, sehr gemütlich und eine wirklich gute Küche. Wissen Sie was, ich rufe da für Sie an und bestelle einen Tisch in 30 Minuten, wenn Sie möchten. Dann müssen Sie nicht lange warten. Es ist Samstag Abend, man weiß nie, ob sich nicht viele Leute gedacht haben, das Wetter ist so schön, warum selbst kochen. Kleinen Moment, das haben wir gleich."

Wenig später bestätigte sie ihnen, dass man sie erwartete. Danach beschrieb sie den Weg zum Restaurant.

„Nicht zu verfehlen, es liegt in der Haupteinfallstraße, wenn Sie von der Autobahn kommen. Also Sie gehen am besten gleich hier"

Schon zeichnete sie den Weg auf ein Blatt Papier. Ellen hätte auch ihr Handy befragen können, aber so war es doch viel persönlicher und wirklich sehr nett.

7

Draußen vor der Tür fragte sie Roland, ob er den direkten Weg so wie aufgezeichnet nehmen wolle oder erst wieder einige Schritte laufen möchte.

„Ich würde gerne noch einige Schritte laufen. Tut mir gerade gut."

Er war einverstanden und so bogen sie in die nächste Seitenstraße ab. Nach einigen Metern standen sie vor einer Treppe, der sie bis zur Hälfte folgten, um dann in eine schmale Gasse zwischen den Häusern einzubiegen. Der Geruch von Essen, das hier gerade gekocht wurde oder bereits schon gekocht war, waberte zu ihnen. Es verstärkte ihr Hungergefühl. Nun mussten sie an der nächsten Ecke nur noch die Wahl zwischen einer neuen Treppe, diese führte weiter nach oben oder einer winkeligen Gasse zurück auf die Hauptstraße treffen.

„Weißt Du was, morgen werden wir mal die Treppen und Hinterhöfe hier in Bolbec erkunden. Aber jetzt würde ich mich dann doch für zurück zur Hauptstraße und auf direktem Weg zum Restaurant entscheiden.",meinte Roland.

Sie folgten der schmalen und winkeligen Straße hinunter. Rolands Gedanken gingen zurück zum Beginn Ihrer Beziehung. Der ersten Begegnung, als er in Mönchengladbach Ellen in der riesigen und fast leeren Maschinenhalle entdeckte.

Sie war aus Zufall an diesem Tag anwesend. Eigentlich holte sie nur einige Sachen aus der Konkursmasse ab, die sie für ihr neues, eigenes Atelier erstanden hatte.

Klein, schmal, eigentlich ganz zart, aber mit einer ungewöhnlichen Deutlichkeit für jene Zeit. Nein, hatte sie damals gesagt, als er den großen Arbeitstisch begehrlich betrachtete, nein, der gehöre schon ihr und wäre kein Bestandteil der Einrichtung. Zudem hätte sie weitere Teile erstanden. Ihr Name wäre deutlich an den Stücken vom Auktionator angebracht worden.

„Machen Sie sich keine Gedanken, morgen kommt ein Transporter und holt meine Dinge ab. Mit dem Rest dürfen Sie dann machen, was Sie wollen. Aber bedenken Sie immer, es waren fleißige Menschen, die diese Gegenstände benutzt haben. Gehen Sie pfleglich damit um."

Dabei hatten ihre Augen in einem rätselhaften Grünton gefunkelt. Er hatte in diesem Augenblick beschlossen, den Rest seines Lebens mit dieser Frau, mit den schwarzen, langen Haaren und den unergründlichen Augen zu verbringen. - Ja. - Diese Augen, die er in den nächsten Jahren kennenlernen sollte. Je nach Gemütslage übernahm eine andere Schattierung den Hauptfarbton der Augen. War sie glücklich, schimmerten sie grün, war sie böse, funkelten sie in einem rätselhaften Grünblau und war sie traurig, so wurden sie grüngrau. Sie war ab da seine Elfe, seine Muse.

„Ich glaube, wir sind da."

Ellen holte ihn aus seinen Gedanken. Sie standen vor der Tür eines Restaurants. Ein Hauch von gebratenem Fleisch und Rosmarin lag in der Luft. Roland drückte die Tür auf, ließ Ellen den Vortritt und wartete im kleinen Vorraum, bis die Dame am Pult den Blick ihnen zuwandte.

„Bonsoir, Sie haben reserviert? Ihren Namen bitte."

Als Roland ihre Namen nannte, lächelte sie nicht geschäftsmäßig, sondern so, wie man gute Freunde begrüßt.

„Ach ja, das Ehepaar mit dem Pech am Auto. Seien Sie herzlich bei uns willkommen. Nein, welch ein Pech für Sie beide. Dann wollen wir mal dafür sorgen, dass, wenn Sie uns verlassen, wir nur in guter Erinnerung bleiben. Es ist uns hier allen eine große Freude, Ihnen den Aufenthalt angenehm machen zu dürfen. Darf ich Sie an Ihren Tisch begleiten?"

Mit diesen Worten verließ sie ihren Platz am Pult, nahm zwei Speisekarten vom Stapel und ging durch den voll besetzten Raum zu einem ruhigen Tisch in einer lauschigen Ecke.

„Ich denke, Sie möchten ungestört sein. Kommen Sie erst mal zur Ruhe, entspannen sie sich. Mein Kollege wird sich gleich bei Ihnen melden, um mit Ihnen das Menü zu besprechen."

Damit verschwand sie wieder und ließ sie allein. Ellen sah sich um. Der Platz war wirklich schön. Man hatte alles im Blick, saß aber als „Fremde" nicht auf dem Präsentierteller. Viele Familien hatten sich an den Tischen versammelt. Eine sehr entspannte Atmosphäre lag über dem Raum, die Unterhaltungen mischten sich zu einem ruhigen Summen. Man fühlte sich wirklich wohl hier.

Ellen schlug die Speisekarte auf und stellte fest, sie war sehr angenehm klein gehalten. Vorspeisen, Hauptgang und Desserts. Danach die Weinkarte, gefolgt von einer kleinen Bierkarte, alle Sorten vom Fass, dann der Champagner, Cidre und alkoholfreie Getränke. Sie war nach all den schrecklichen Ereignissen am Nachmittag plötzlich sehr glücklich. An der Art, wie Roland durch die Karte blätterte, sich Zeit nahm, konnte sie erkennen, dass auch er zurück im Hier und Jetzt war.

„Guten Abend und schön, dass Sie uns gefunden haben. Darf ich Ihnen bei Ihrer Wahl behilflich sein? Möchten Sie vorab einen Aperitif genießen? Oder soll ich Ihnen erst nur die Karaffe Wasser bringen?"

„Wasser wäre eine hervorragende Idee, derweil werden wir uns noch das Tagesmenü anschauen oder ist das bereits ausgegangen?"

Roland hatte also mit der „Idee des Chefs", wie man das Tagesgericht auf einem eingelegten Blatt nannte, bereits geliebäugelt. Ellen war sehr mit dieser ersten Vorauswahl einverstanden.

Sie wählten das Tagesmenü. Als Vorspeise entschieden sie sich für je 6 Flusskrebse in Kräutersud mit selbst gebackenem Brot und gesalzener Butter, danach Seezunge auf hausgemachten Nudeln. Beim Dessert schwankten sie etwas und wollten deshalb noch abwarten, ob sie den Käse der Normandie oder ein Stück normannische Apfeltorte als würdigen Abschluss genießen sollten. Welchen Cidre könnte man zur Vorspeise empfehlen? Oder doch eher einen Wein? Ellen entschied, dass sie doch das Glas Rotwein an diesem Abend haben wollte, von dem sie bereits im Hotel geträumt hatte.

Nach dem mehr als köstlichen Essen liefen sie langsam zum Hotel zurück. Ein wunderschöner Vollmond stand am sternenklaren Himmel. Die aufwühlenden Ereignisse des Tages waren weit, weit weg.

8

Als Ellen und Roland am nächsten Tag den Speisesaal betreten, spüren sie, etwas hat sich verändert. Es lag Spannung in der Luft. Das Personal war freundlich und hilfsbereit, aber nicht gerade, wie am Samstag gesprächig.

Ellen hatte es heute Morgen sehr bewusst vermieden, über die Ereignisse und die Leiche vom Vortag mit Roland zu reden. Sie wünschte sich ein ganz normales Frühstück. Danach konnte man sich wieder mit den Geschehnissen befassen. Roland schien ganz ihrer Meinung zu sein. Auch er hatte geschwiegen, aber beim Betreten des Frühstückraums zog er nun deutlich die Luft in seine Lungen und murmelte leise hinter ihrem Rücken.

„Na denn mal rein in die Gerüchteküche. Ich denke, wir sollten durch die Zeitung blättern. Sonst sind wir nicht auf dem aktuellen Stand. Man sollte wissen, was die Klatschpresse so dichtet."

Schon war er zum Zeitungsstand gelaufen und kam mit einer aktuellen Ausgabe zurück zum Tisch.

„Mon Dieu haben Sie schon gesehen? Man hat hier in Bolbec eine Leiche gefunden. In den Hallen draußen bei der alten Textilfabrik. Oje. Zwar weiß man noch nicht genau, wie und was, aber es ist so schrecklich. Hier! Bei uns in Bolbec? Wir sind doch nicht der Ort für so etwas."

Die junge Bedienung, die ihre Bestellung aufnehmen sollte, musste zuerst diese Neuigkeit loswerden. Danach fragte sie, ob Kaffee oder Tee gewünscht würde.

„Wir haben heute, es ist ja Sonntag, ein Büffet hergerichtet. Bitte bedienen Sie sich dort. Die Teller finden Sie auf einem Stapel auf der linken Seite, denn wir haben den Zugang links und den Ausgang rechts eingerichtet. Sollten Sie Fragen oder Wünsche haben, so bitte ich Sie, Isabelle Bescheid zu geben. Also zwei Kaffee - oh ich bin etwas verwirrt wegen der Ereignisse, bitte entschuldigen Sie - zweimal Café au Lait. Kommt sofort."

Roland schlug die Zeitung auf. Es war keine Zeitung, es war eine vierseitige Sonderausgabe. Die Schlagzeile lautete:

Leichenfund in Bolbec.

Danach folgten zwei Fotos, die Krankenwagen, Polizeiautos und undeutlich Personen vor der Halle zeigten. Alles war von Abstand aus aufgenommen. Darunter ein nichtssagender Bericht und der Verweis, dass es am Sonntagnachmittag um 16:00 Uhr eine Pressekonferenz im Polizeipräsidium von Bolbec geben würde. Einige kleine Werbeanzeigen am Ende der Seite. Auf der nächsten wurde über die alte Textilfabrik berichtet, zwei ehemalige Mitarbeiter waren dazu befragt worden. Weitere Anzeigen der lokalen Geschäfte bildeten den Rahmen der Berichterstattung. Auf der dritten Seite hatte man einige „Augenzeugen" aus dem ansässigen Fitnessstudio zu Wort kommen lassen, die aber rein gar nichts erzählen konnten. Darunter eine große Anzeige des Studios. Man hatte also die Chance ergriffen, aus der Sensation kräftig auf sich aufmerksam zu machen. Die Rückseite war mit dem Kalender der am heutigen Sonntag stattfindenden Veranstaltungen gefüllt und der Information, dass die Gruppenführung im Textilmuseum wegen der weiträumigen Ermittlungsarbeiten nicht stattfinden würde.

Roland zog nochmals die Luft scharf ein.

„OK, man weiß nichts. Das soll auch besser, was unsere Position betrifft, so bleiben. Wir werden nun frühstücken und dann wie geplant die Treppen und Hinterhöfe von Bolbec besichtigen. Da wird es ja wohl nicht noch eine weitere Leiche geben."

Damit schob er seinen Stuhl nach hinten und hätte beinahe die Bedienung mit dem Kaffee angerempelt.

„Mon Dieu Monsieur, nein, nein, es wird keine weitere Leiche geben. Das ist bei uns seit 1902 nicht mehr vorgekommen. Deshalb sind wir ja alle so schockiert."

Sie stellte den Kaffee energisch auf den Tisch, wischte nicht vorhandene Krümel zu Seite und fügte eifrig hinzu:

„Ich kann das Ihnen mit gutem Gewissen versichern. Mein Cousin war im Fitnessstudio zu dem Zeitpunkt und er sagte, die Leiche sei nicht aus Bolbec gewesen. Einer der Gendarme hätte das zu ihnen gesagt, als man die Absperrung einrichtete. Wird wohl ein unvorsichtiger Mensch gewesen sein. Hier laufen zur Zeit lauter Immobilienmakler herum. Man möchte, müssen Sie wissen, gerne die alte Fabrik abreißen und ein Stadion oder ein Einkaufszentrum bauen. Sie können also ganz beruhigt hier durch den Ort laufen. Sie sind bei uns sicher."

Ellen lächelte die Bedienung an und bedankte sich für diese lieben Worte. Dann folgte sie Roland zum Büffet im Nebenraum. Nein, das Frühstück, hatten sie beschlossen, wollten sie genießen. Keine Leiche am Tisch!

Als sie sich nach dem wie ersehnt, dann doch ruhigen Frühstück zurück aufs Zimmer begeben hatten, um sich fertigzumachen und ihre Dinge für den Spaziergang zu holen, klopfte es an die Tür.

Ellen öffnete. Capitaine Rober stand vor der Tür, in seiner Hand eine Tüte.

„Bonjour Madame, Monsieur, darf ich bitte der Diskretion wegen eintreten? Ich bringe Ihnen Ihre Kamera."

Mit diesen leise gesprochenen Worten schob er sich bereits in ihr Zimmer.

„Ich denke, es ist auch in Ihrem Interesse, dass die Öffentlichkeit nicht so schnell über Ihre Rolle in diesem Fall informiert wird. Auch auf der Pressekonferenz, die wir heute Nachmittag geben, wollen wir Sie nicht explizit nennen. Wir belassen es bei der Information, dass ein nicht ortsansässiges Paar bei der Besichtigung des Geländes zufällig die Leiche entdeckte und die Polizei informierte, die feststellte, dass es sich um die seit 5 Tagen vermisste Person handelt. Nur, damit Sie unsere Strategie kennen."

Roland bestätige Capitaine Rober, dass diese Vorgehensweise ganz in ihrer beider Interesse läge. Sie wollten nur sowieso durch die Stadt laufen, die Treppen und Hinterhöfe von Bolbec entdecken und gewiss nicht von Bürgern dieser Stadt erkannt und angesprochen werden.

„Da ist dann doch noch etwas. Ihre Kamera, die Sie uns freundlich sofort zur Verfügung gestellt haben. Danke. Und ist Ihnen sonst noch etwas eingefallen?" Damit reichte er Roland die Kamera.

Ellen kam es vor, als wolle der Capitaine auf etwas Spezielles hinaus.

„Nein, wir haben versucht, zur Ruhe zu kommen, Abstand zu gewinnen. Grübeln bringt uns nicht weiter. Wenn wir doch etwas unbewusst wahrgenommen haben, dann kommt es gewiss bei den ganz normalen Dingen des Alltags, also einem

Spaziergang, wieder ins Gedächtnis. Das ist meine Erfahrung."

„Ihnen ist also keine weitere Person vor Ort aufgefallen?"

Beide verneinten, ließen aber nicht unerwähnt, dass selbst vor dem Fitnessstudio nur wenige Autos gestanden hätten und wirklich nur dort.

„Können Sie sich zufällig erinnern, wie viele oder sogar an einige Marken?"

Bei diesen Worten zog der Capitaine sein kleines Notizbuch hervor. Ellen schloss die Augen und rief diese Szenerie wieder aus ihrem Gedächtnis auf ihre Netzhaut zurück. Sie war, genau wie Roland, berufsbedingt eine sehr gute Beobachterin.

„Fünf Autos", hörte sie Roland sagen. „Ich kann mich an einen roten Karmann Ghia erinnern. Der stand etwas näher am Studio. Dann war da noch ein alter Bus. Ellen, was kannst Du noch hinzufügen?"

„Ja, fünf Autos vor dem Studio, in der Tat, der rote stand etwas vor. Fast so, als wäre das sein Platz. Dann der Bus, ein VW-Bus, er war alt und blau. Links hinten war die Stoßstange rostig. Das erste Auto in der Reihe war ein kleiner Citroën. Grau oder Silber, er war sehr staubig. Roland hilf mir, war der letzte Wagen ein Peugeot? Er war dunkel. Dachte Blau, bin mir aber nicht mehr sicher. Aber der vierte Wagen, der ist mir nicht mehr präsent."

„Ja, der letzte könnte ein Peugeot gewesen sein. Dunkel. Was war mit dem vierten Fahrzeug? Ich kann es nicht sagen."

Capitaine Rober war zufrieden.

„Ja, das deckt sich mit unseren Erkenntnissen. Im Bus waren fünf Freunde aus Lanquetot. Sie kommen jeden Samstag, um zu trainieren. Die haben wir befragt. Der Besitzer des Fitnessstudios fährt den roten. Der war auch anwesend, genau wie seine Frau. Die hat die Abrechnungen an diesem Morgen gemacht. Den Fahrer des Citroëns haben wir auch angetroffen und befragt. Und ja, der dunkle war ein Peugeot, auch da haben wir den Fahrer und seinen Freund bereits gesprochen. So weit stimmt es also, was Sie sagen. Bleibt als Letztes der vierte Wagen in der Reihe. Dieses Auto gehört nicht zu den Leuten, die sich im Fitnessstudio aufgehalten haben. Er ist vor dem letzten Besucher gestern eingetroffen, denn Marcel und sein Freund haben neben dem Auto geparkt. Sollte Ihnen, wie Madame bereits meinte, noch unbewusst etwas einfallen, dann bitte melden Sie sich."

Er überreichte ihnen seine Visitenkarte, steckte das Notizbuch wieder ein. Capitaine Rober bedankte sich noch mal und ging zur Tür.

„Bitte warten Sie noch einen Augenblick, bevor Sie das Zimmer verlassen. Ich werde versuchen, ganz unauffällig aus dem Hotel zu kommen. Bonne journée Madame, Monsieur."

Damit zog er leise die Tür hinter sich zu. Roland sah Ellen lange an.

„Haben wir den Täter um uns herum gehabt?"

Ellen überkam wieder eine eisige Kälte. Sie packte die Kamera aus der Tüte, angelte sich den Laptop und das Verbindungskabel, schloss die Kamera an und lud alle Fotos des gestrigen Tages auf den Laptop. Sie musste es jetzt wissen. Es war wichtig, sehr wichtig. Dann blätterte sie langsam durch die Fotos von der Kapelle. Endlich hatte sie gefunden, was sie suchte. Das Bild des zerbrochenen Fensters. Ellen vergrößerte das Foto. Ihr stockte der Atem. Roland war hinter sie getreten und stieß einen leisen Pfiff aus.

„Das war also kein Traum gestern Abend, Du hast es wirklich zu mir gesagt. Entschuldige, ich war einfach zu müde."

Beide starrten sie auf das Gesicht im Fenster. Undeutlich, etwas unscharf, aber eindeutig ein Gesicht.

Ellen schaltete zurück in die Galerie und blätterte weiter vor, bis zur alten Villa auf dem Fabrikgelände. Dann studierte sie jede Aufnahme sehr intensiv. Wenn man das Foto mit der Eingangstür vergrößerte, sah man sehr deutlich die Matratze auf dem Boden liegen. Aber oben am Fenster, aus der die Gardine wehte, war nichts, schon gar kein Gesicht zu sehen. Aber Ellen war sich nun mehr als sicher. Nein, sie hatte keine Halluzinationen, keine durch die Hitze oder Schatten hervorgerufene Wahrnehmung. Da war dieser Mann! Nicht nur in der Kirche, auch im alten Haus.

Leider fand sie kein Bild, auf dem man die Autos sehen konnte.

Ellen lud alle Fotos in die Cloud hoch, löschte den Ordner mit den Fotos auf dem Laptop sorgfältig, koppelte die Kamera ab und fuhr den Laptop runter.

Danach erzählte sie Roland vom Gesicht im Fenster der Kapelle, von der Matratze und dann ein Gesicht oben im Fenster mit der Gardine, das plötzlich, als sie bereits im Sanitätswagen gesessen hatte, in der Menge der Schaulustigen wieder aufgetaucht war.

„Roland, wir werden jetzt mit der Kamera zuerst zur Polizei gehen. Die Treppen müssen noch warten."

Damit stand sie energisch auf, räumte den Laptop zurück in den Koffer und packte das Kabel in ihren Rucksack. Roland rief kurz die Nummer auf der Visitenkarte an und kündigte ihr Kommen an.

9

30 Minuten später standen sie vor dem Eingang zum Präsidium. Während sie sich suchend umsahen, etwas unentschlossen, wohin sie nun gehen mussten, kam ihnen aus einer Tür in einem der Seitenflügel Capitaine Rober entgegen.

„Das ging sehr schnell, dass Ihnen noch etwas eingefallen ist. Bitte kommen Sie mit Commisaire Champignon erwartet Sie."

Sie eilten durch die Flure, dann eine wunderschöne, geschwungene alte Treppe hinauf in den ersten Stock. Vor einer hohen, reich verzierten Tür machten sie Halt. Links neben der Tür konnten sie auf einem Schild lesen: Commissariat, darunter Renaud Champignon. In einer dritten Zeile seine Funktion: Chef du Commissariat. Auf das Klopfen des Capitaines hörten sie:

„Entrez".

Zu dritt betraten sie den Raum. Ein wundervolles, hohes Zimmer, Stuckdecke, ein imposanter alter Schreibtisch vor einem großen Fenster mit Blick auf den Garten. Hinter dem Schreibtisch gegenüber der Tür saß der Commissaire. Er erhob sich, kam um den Schreibtisch herum auf sie zu und begrüßte sie per Handschlag.

„Bonjour Madame et Monsieur, es ist Ihnen also noch etwas eingefallen, was von Bedeutung sein könnte? Habe ich Sie da richtig verstanden? Dann setzen wir uns bitte hierhin und Sie erzählen es mir."

Er zeigte auf eine Sitzecke am Rande des Raums.

„Nun, Monsieur le Commisaire, das ist wirklich sehr freundlich. Allerdings werden wir einen Computer benötigen, denn das, was wir berichten müssen, wird durch mehrere Fotos auf unserer Kamera belegt."

Ellen zeigte auf den Computer auf dem Schreibtisch.

„Haben Sie die Fotos von der Kamera auf Ihren Computer geladen? Ansonsten habe ich die Kamera und das Kabel mitgebracht. Es ist notwendig, die Fotos groß zu sehen."

Damit holte sie Kamera und Kabel aus ihrem Rucksack. Der Commissaire bat sie an den Schreibtisch, während Roland in ganz kurzen Sätzen vom Besuch der Kapelle erzählte.

„Dort hatte meine Frau das Gefühl, ein Gesicht hinter einem der zerbrochenen Fenster in der abgesperrten Kapelle zu sehen. Instinktiv hat sie auf den Auslöser gedrückt, denn sie konnte sich ja auch geirrt haben. Aber sie hatte Recht! Das Foto zeigt es ganz deutlich. Nachdem wir dann in dem kleinen Gasthof unser Essen beendet hatten, sind wir zum Gelände der Textilfabrik gelaufen. Dort steht gleich zu Anfang diese verlassene Villa. Die Eingangstür stand auf und so konnte man dahinter eine Matratze sehen. Eine relativ neue Matratze. Jemand muss sich da aufhalten oder sogar dort schlafen. Als meine Frau das Haus fotografierte und hier besonders das Fenster mit der wehenden Gardine, meinte sie wieder ein Gesicht, das bereits bekannte zu sehen. Leider ist das nicht auf den Fotos, aber so wissen Sie ganz genau, um welchen Raum es geht."

„Später habe ich dann aus dem Sanitätswagen heraus in der Menge der Neugierigen wieder das Gesicht gesehen. Aber da hatte Ihr Capitaine bereits den Fotoapparat. Wobei so wie ich da mich fühlte, ich hätte kein weiteres Foto machen können."

Die beiden Polizisten sahen sich lange an.

„Sie haben nicht zufällig auch noch die Autos vor dem Fitnessstudio abgelichtet? Es wäre einfach zu schön."

„Nein, aber das Leben ist ja auch kein Wunschkonzert",
murmelte Roland, worauf der Kommissar in akzentfreien
Deutsch antwortete:

„Der Spruch meiner Mutter. Sie war Deutsche. Wir verstehen
uns also auch emotional."

Von da an hatte Ellen das Gefühl, gut aufgehoben zu sein.
Nicht die Touristin, die über eine Leiche stolpert, nein, eine
Zeugin, die zur Lösung des Falls beitragen kann. In diese
Gedanken hinein orderte der Commissaire für alle Kaffee.

Gemeinsam gingen sie an den Computer und der
Commissaire öffnete den Ordner mit den Fotos. Ellen sah, dass
man nur die Fotos abgeladen hatte, die Roland von der Leiche
und dem Fundort gemacht hatte.

Sie überreichte dem Commissaire die Kamera und das Kabel.
Schnell fand er die Datei auf ihrer Kamera und öffnete sie auf
seinem Computer. Unter der Anleitung von Ellen ging er
zügig voran bis zu den Fotos der Kapelle. Dann erschien das
Foto des Fensters. Ellen bat den Commissaire, es zu
vergrößern. Schon sah man in das erschrockene Gesicht eines
Mannes.

„Paul, bitte hol unseren Techniker. Ich muss wissen, ob man
dieses Bild für einen Gesichtsabgleich mit der Datenbank
verwenden kann."

Der Capitaine verschwand aus dem Zimmer, während der
Commissaire das Bild markierte. Ellen bat ihn nun, die Fotos
vom Gelände des Textilmuseums aufzurufen. Man sah erst
das Tor, dann die Villa. Sie kamen zu den Fotos der offenen
Tür. Hier konnte man nach Vergrößerung deutlich die
Matratze sehen und dass sie relativ neu war. Er markierte
auch dieses Foto. Dann ging es weiter bis zur Aufnahme des
Fensters und der dramatisch wehenden Gardine. Eine

Vergrößerung brachte, genau wie auf dem Laptop von Ellen, kein Gesicht zum Vorschein. Doch der Commissaire meinte einen Schatten zu sehen und somit wurde auch dieses Foto markiert. Aber genau wie Roland bereits erwähnt hatte, keine Fotos der parkenden Wagen.

Bevor sie die Zeit fanden, über diese Erkenntnis zu sprechen, öffnete sich die Tür und Capitaine Rober erschien wieder. In seinem Schlepptau ein großer, schlaksiger Mann mit Brille, der dem Klischee eines Computer Nerds wundervoll entsprach.

„Bonjour Madame, Monsieur, wo liegt das Problem?"

Dabei reichte er beiden die Hand und musterte sie unverhohlen neugierig. Ellen stellte fest, dass diese Augen sie irgendwie an jemanden erinnerten. Aber dieser jemand war aus einer längst vergangenen Zeit, da war er sicher noch nicht einmal geboren. Allerdings mussten seine Augen bereits Unglaubliches gesehen haben und doch war sein Blick klar, offen und fest. Sie musste gestehen, das hatte sie bei seinem sonstigen Erscheinungsbild nicht erwartet.

Commissaire Champignon übernahm an dieser Stelle die Vorstellung:

„Ich darf kurz bekannt machen, das ist Claude Montemar, unser Computerspezialist. Er zaubert aus Aufnahmen Unglaubliches hervor. Nur bei den Kameras am Tatort, Sie müssen sie bemerkt haben, da war er machtlos. Sind leider nur Attrappen!

Claude, das sind Madame und Monsieur Kaiser, die die Leiche gefunden haben. Sie haben von ihrem Ausflug Fotos gemacht. Wir haben hier einige Aufnahmen, die vor dem Leichenfund entstanden sind und dabei zumindest drei, die für uns relevant sein könnten. Bitte schaue doch drauf und sage etwas dazu."

Claude faltete seine lange Gestalt hinter den Schreibtisch auf dem Stuhl zusammen und blickte angespannt auf den Bildschirm. Der Commissaire klickte das erste markierte Bild an.

„Bitte vergrößere es. Das Zentrum ist das zerbrochene Fenster und sage uns, was Du siehst?"

„Ups, ja wen haben wir denn da? Der Kerl hat sich scheinbar sehr erschrocken. Ist das in der *„Chapelle Sainte-Anne"*? Die ist doch gar nicht zugänglich. Was will der Kerl da? Also, wenn wir das Ganze etwas aufhübschen, dann könnten wir dieses Gesicht durch die Datenbank jagen. Eventuell haben wir ja einen Treffer."

Seiner Stimme hörte man eine gewisse kindliche Freude an.

„Was haben wir noch?"

„Warte, ich zeige es Dir."

Der Commissaire scrollte weiter zum nächsten markierten Foto.

„Gleiche Prozedur bitte jetzt die Tür."

„Na das ist ja ein Ding, da hat sich doch wirklich jemand häuslich eingerichtet. Aber noch gar nicht lange, die Matratze ist noch ziemlich neu. Unglaublich! Schade, kein Markenschild. Wäre zu schön gewesen. Wenn ich das Bild schärfer mache, dann könnten die Kollegen einen Spaziergang durch die Matratzengeschäfte machen. Ist ja schönes Wetter. Kann sein, dass sich jemand an die Matratze erinnert und ob sie bei ihnen gekauft wurde. War es das?"

„Nur noch bitte das hier. Uns interessiert wieder das Fenster."

„Ach ja, die Gardine kannst Du vergessen, total kaputt. Aber hoppla, meinst Du den Schatten? Wann ist die Aufnahme gemacht worden? Ach nicht wichtig, ich rufe die Daten auf."

Schon hatte er die Infos zum Foto geöffnet und schaute sie sich an.

„OK, schick jemanden hin. Er soll um 14:22 Uhr mit dem Foto feststellen, wodurch der Schatten entstanden ist und wo er im Haus gestanden hat. - Nein, das mache ich besser selbst. Madame, Monsieur, darf ich die Fotos kopieren? Ach Paul, ich nehme gleich die Spurensicherung mit, wenn Du willst. Da können wir zuerst hier die Spuren sichern und anschließend auch noch bei der Kapelle vorbei schauen. Ist das OK?"

Der Commissaire nickte und griff zum Hörer.

Ellen wartete, bis der Techniker den Fotoapparat vom Computer abgekoppelt hatte, dann öffnete sie die Verriegelung zur Fotokarte.

„Ich werde wohl besser die Karte hier im Revier lassen. Wir haben noch eine weitere in der Tasche. Die Fotos selbst habe ich bereits in der Cloud gesichert. Sollten Sie noch etwas nachsehen wollen, dann haben Sie alles hier vor Ort."

Claude bedankte sich für diese ausgezeichnete Idee.

„Schreiben Sie dem Revier ruhig eine Rechnung über die Karte."

Lachend marschierte er zur Tür hinaus. Captaine Rober sah ihm nach.

„Ein ganz ungewöhnlicher Kollege. Geht total in seiner Technik auf, fast ein Genie, wenn man das so sagen darf. Er ist aber auch unser bester Mann in der Fußballtruppe. Sieht man so gar nicht. Einen super Überblick über das Feld und das Spiel. Fast schon unheimlich."

Nachdem sie den Kaffee ausgetrunken hatten, verabschiedeten sie sich.

„Es bleibt dabei, sollte Ihnen noch etwas einfallen, Sie etwas bemerken, zögern Sie nicht, mich zu kontaktieren. Bisher waren Ihre Angaben sehr wichtig für uns und den Fall.
Kann ich sonst noch etwas für Sie tun?"
„Ja, halten Sie uns auf dem Laufenden, wenn wir Sie darum bitten dürfen. Wir sind plötzlich und unerwartet durch unsere Autopanne in ein, sagen wir mal, Abenteuer gestolpert. Es ist, als würden wir uns mitten in einem Film befinden. Ich für meinen Teil fühle mich irgendwie hilflos. Ich glaube, meine Frau auch. Dabei ist sie sonst keinem kleinen Abenteuer abgeneigt. Aber das hier …."
Damit gab Roland dem Commissaire und dem Capitaine die Hand und auch Ellen verabschiedete sich.

10

Draußen empfing sie Wärme und Sonnenschein. Obwohl Ellen nicht im Kommissariat gefroren hatte, fröstelte sie nun. Sie blieb in der Sonne stehen und wärmte sich einen Augenblick auf.

„Erst einen Kaffee, also einen richtigen, ganz gemütlich oder sofort in die Treppenwelt eintauchen?"

Ellen schaute auf das kleine Bistro einige Häuser weiter. Nein, sie wollte erst einige Schritte laufen, einfach rechts rum. Sollten sie dabei an einem Café vorbeikommen, dann sehr gerne den Kaffee. Hauptsache erst etwas Abstand.

Stumm liefen sie die nächsten Meter nebeneinander her. Von irgendwo plärrte ein Radio und aus einem der Häuser zog der Geruch von Essen zu ihnen herüber. Das Leben ging einfach ganz normal weiter, das, was geschehen war, blieb verborgen im Kreis einer kleinen Gruppe. Aber beide waren sich einig, das würde sich nach der Pressekonferenz ändern. Was würde es dann mit diesem kleinen, verschlafenen Städtchen machen?

In diesem Augenblick sahen sie ein kleines Bistro an der nächsten Ecke. Auf der mit Brettern gezauberten Terrasse voller wunderschöner Blumenkübel, direkt auf dem Bürgersteig, saßen einige Leute, aber es war noch ein Tisch mit zwei Stühlen frei. Sie gingen darauf zu und setzten sich.

Fast als hätte der junge Mann hinter dem Tresen nur auf Kunden gewartet, kam er schon an Ihren Tisch.

„Bonjour, quel beau temps, was darf ich Ihnen bringen?"

„Bitte zwei café au lait."

Roland sah auf seine Uhr. Wo war die Zeit geblieben? Es war bereits Mittag. Kein Wunder, dass sie die Gerüche von Mahlzeiten so intensiv und anregend wahrgenommen hatten.

„Sag mal Ellen, ich hätte etwas Hunger. Wie wäre es mit einem kleinen Imbiss. Jetzt haben wir die Gelegenheit dazu."

Ellen war einverstanden und so bestellten sie, als der Kaffee gebracht wurde, zwei Sandwiches. Dieses mal mit Käse und Schinken. Der Kellner verschwand, um das Gewünschte für sie zu zubereiten.

„Hast Du schon die neue Karte in den Fotoapparat gelegt? Ich denke, wir werden gleich sehr viele Motive finden. Hier lenkt uns keiner ab."

Ellen holte die Kamera heraus, öffnete die Verpackung mit dem Stick und legte ihn in das vorgesehene Fach.

„Wir hätten doch noch die Kamera im Hotel laden sollen. Wir haben nämlich den zweiten Akku im Wagen gelassen."

„Ach, frage doch einfach, ob Du die Kamera hier anschließen darfst, während wir essen."

Ellen betrat die Bar und der nette Kellner fand das kein Problem. Er zeigte ihr die Steckdose direkt neben der Kasse und versprach, ein Auge auf die Kamera zu haben. Schon hob er die beiden mit einer Serviette umlegten Brote auf ein Tablett.

„Gehen Sie bitte schon vor, ich bringe Ihnen gleich die Sandwiches."

Dann zapfte er noch ein Bier für einen Gast, der während Ellen die Kamera angeschlossen, das Bistro betreten hatte und nun direkt an der Theke saß und ihr den Rücken zuwandte.

Sie lief wieder zu ihrem Platz, als auch schon mit einem fröhlichen „Bon appétit" der Kellner voller Schwung die bestellten Brote auf den Tisch stellte.

„Wünschen Sie noch einen weiteren Kaffee?"

Roland bejahte die Frage und gab sich dann ganz dem Sandwich hin. Auch Ellen biss kräftig hinein. Sehr lecker, denn man hatte noch etwas Salat und gehobelte Karotte eingelegt. Einfach perfekt bei diesem heißen Wetter. Denn die Temperaturen waren bereits wieder sehr hoch. Der Kellner spannte die Schirme auf der Terrasse auf, einige Besucher standen auf, um zu gehen und sogleich nahmen andere ihre Plätze ein. Ein fröhliches, lockeres Gespräch entspannte sich zwischen einigen Tischen. Ellen verstand nicht alles, aber es ging um die Heuernte, die in diesem Jahr etwas früher beginnen würde. Eine sorglose Oase ohne Straßenlärm, denn die wenigen vorbeifahrenden Autos fielen hier gar nicht ins Gewicht.

Plötzlich klang aus der Bar ein lautes Schimpfen. Mehrere Gäste nahe dem Eingang waren jetzt aufgesprungen. Einer, ein ziemlich kräftiger Mann, versuchte eine Person zurück in die Bar zu drängen.

„Scheint ein Zechpreller zu sein",

mutmaßte Roland, als eine Person an ihnen vorbei auf die Straße stürzte und in Windeseile in einer der kleinen Gassen, die es auch hier zwischen den Häusern gab, verschwand, verfolgt von zwei Gästen.

„Es tut mir so leid, wer konnte denn das ahnen? Der Kerl hatte es doch tatsächlich auf Ihre Kamera abgesehen. Aber keine Angst, wir haben es zu verhindern gewusst. Arnaud und Jean sind gleich hinter ihm her gerannt. Ich fürchte allerdings, den werden sie nicht mehr einholen. Wer sich ein bisschen mit unseren Treppen auskennt, der ist nicht einzuholen. Nicht weil er schneller ist, das ist wirklich keiner auf diesen unregelmäßigen Stiegen, aber es gibt zu viele Ecken, Nischen und weitere Abzweigungen, da kommt keiner mit. Ich kann Ihnen jedoch sagen, ein Diebstahl in meinem Haus, nein, das ist unakzeptabel."

Der junge Mann war also der Besitzer. Und einen Diebstahl hatte es noch nie gegeben. Roland und Ellen schauten sich an. Ellen sah, dass Roland genau das Gleiche dachte: Zu komisch für einen Zufall!

„Kannten Sie denn den Herrn?"

„Nein, ich habe ihn noch nie hier im Viertel gesehen. Man hatte mich ja gleich gewarnt, so in der Nähe des Polizeipräsidiums, da wirst du wohl die ein oder anderen schrägen Vögel kennenlernen. War aber das erste Mal in den drei Jahren, in denen ich nun hier bin, dass ich so etwas mitmache. Bin gespannt, was Rene und Jean gleich sagen werden. Also, die Kamera ist noch da und das ist die Hauptsache. Nun passt meine Frau darauf auf. Darf ich Ihnen auf den Schreck ein Bier anbieten?"

Damit verschwand er wieder.

Was sich in ihrem Kopf als Fazit dieses dummen Zwischenfalls zusammensetzte, sprach Ellen aus.

„Ich glaube nicht an Zufälle. Aber in diesem Fall erscheint mir das dann doch die einzig mögliche Logik: Wir sehen Gespenster! Ja, so muss es sein. Wir sind einfach noch nicht entspannt genug nach dem gestrigen Tag. Ich glaube; es ist gut, wenn wir in die andere Richtung die Stiegen zum Berg hinaufnehmen. Aber erst genieße ich weiter mein Brot."

Arnaud und Jean kamen mit roten Köpfen und außer Puste genau in dem Moment zurück, als der Besitzer mit den Bieren kam.

„Also so etwas Dreistes erlebt man auch selten. Pierre, Du warst doch nur eine Sekunde an unserem Tisch. Madame,

Monsieur, keine Sorge, alles ist gut gegangen. Und glauben Sie mir, der kommt nicht wieder! Pierre, machst Du uns noch ein Bier? Die Hitze! Da muss man trinken."

„Das übernehmen wir gerne für ihre Hilfe. Vielen lieben Dank. Bitte auf unsere Rechnung setzen. Und dann werden wir gleich bezahlen. Wollen uns, wir sind zum ersten Mal hier in Bolbec, Ihre berühmten Treppen und Stiegen ansehen. Ich komme gleich mit an die Kasse."

„Sie wollen sich in das Labyrinth der Treppen wagen? Sehr, sehr mutig. Die meisten Leute trauen sich nicht. Dabei ist das wie ein großer Spielplatz für Erwachsene. Selbst Bewohner aus Bolbec kennen noch nicht alle Stiegen. Gehen Sie gleich hier gegenüber rauf, dann so weit sie es bei der Wärme nach oben schaffen und genießen sie den Ausblick über die drei Täler, die an der Kirche zusammentreffen. Danke fürs Bier, das war aber für uns selbstverständlich. Wo kommen wir hin, wenn wir uns nicht gegenseitig helfen. Genießen Sie den Tag."

Die beiden Männer setzten sich wieder an ihren Tisch. Roland stand auf, bezahlte an der Bar und brachte die Kamera mit.

„Sie ist nicht beschädigt. Es wurde gut aufgepasst. Die Patronin hat sie mit der ganzen Fülle ihrer Person beschützt."

Sichtbar erleichtert lachte Roland auf.

„Und nun auf ins Labyrinth. Darf ich bitten."

Er bot Ellen seinen Arm an und gemeinsam überquerten sie die Straße.

11

Gleich beim Einbiegen in die schmale Gasse wurden sie von einer wesentlich kühleren Temperatur überrascht. Die Häuser waren mit ausgestreckten Armen an beiden Seiten zu erfassen und warfen Schatten. Die Sonne erreichte zu diesem Zeitpunkt hier nicht den Boden. War es auf der Straße schon ruhig gewesen, hier war es still, sehr still. Selbst kein Vogelgezwitscher war zu hören. Dann, für beide im Halbdunkel ganz unerwartet, plötzlich eine Treppe. Langsam stiegen sie diese hinauf. Nach einigen Stufen ein Absatz, so wie sie es bereits gestern Abend erlebt hatten. Rechts ging es im Bogen als Weg sanft wieder runter, links eine weitere Treppe. Hier ging es weiter einfach nur nach oben.

„Ich bin für geradeaus. Ersteigen wir die Himmelsleiter."

Roland nahm die nächsten Stufen. Auf halber Treppe bekamen die ersten Sonnenstrahlen wieder eine Chance und malten flirrende Muster auf die Wände. Die Häuser wichen etwas zurück, eine Art Regenrinne war an der Seite der Stufen angebracht.

Roland drehte sich zurück.

„Wow, das ist ja schon jetzt grandios."

Ellen zückte die Kamera und schoss die ersten Fotos von der Treppe, den unterschiedlichen Stufen, die sowohl in der Höhe als auch in der Steinstruktur verschieden waren. Natürlich wurde auch die Regenrinne abgelichtet. Man konnte sich sehr gut vorstellen, wie hier bei Regen das Wasser herunter stürzt.

Der nächste Absatz war erreicht und nun musste man sich für rechts oder links entscheiden. An beiden Seiten gab es nach wenigen Metern wieder Treppen, die weiter nach oben führten. Ansonsten Mauern. Wie es schien, trennten sie Gärten zur Treppe hin ab. Roland überließ Ellen die Wahl der Richtung.

„OK, dann wähle ich links. Eventuell steigen wir da langsam hoch und können dem Kommissar auf den Kopf spucken. Nein, Spaß beiseite, auf der linken Seite sind offene Gartenflächen und man hat ein Geländer."

Die Gärten, in die man nach wenigen Stufen blicken konnte, waren kleine Paradiese. Vor ihnen tat sich die in der Normandie so prägende Gartengestaltung oder besser gesagt: Gartenkunst auf. Es schien, als wäre der nun gut einsehbare Bergrücken mit Wiesen, Blumen, kleinen Ruheoasen und Mini-Wäldern überzogen. In einigen Gärten wurde gewerkelt, in anderen spielten Kinder, wieder andere Gärten waren an diesem vorsommerlichen Sonntagnachmittag der angewiesene Ruheort, um ein kleines Schläfchen zu halten.

Ellen wusste gar nicht, wohin sie überall ihre Kamera richten sollte. Blumen, Gräser, gestapelte Holzstöße, geordnete und wilde Steinhaufen, alles wurde von ihrer Linse erfasst. Sie begriff, woher diese wundervollen Muster auf den Stoffen aus Bolbec stammten. Man musste nicht weit fahren, um Inspirationen zu bekommen. Hier lag alles direkt vor der Tür, besser hinter den Türen im Garten an den Hängen.

Eine Dame, sie saß in einem romantischen Pavillon, schaute neugierig von ihrem Strickzeug auf, an dem sie arbeitete. Sie legte es zur Seite, um die Fremden besser in Augenschein nehmen zu können. Dann kam sie an den Zaun.

„Kann ich helfen?", fragte sie.

„Nein, danke, sehr nett. Wir haben unten bei Pierre einen Kaffee getrunken und uns über die Welt hier oben unterhalten.

Er meinte, wir sollten mal ganz nach oben laufen und uns vom Blick über die Täler verzaubern lassen."

„Ah, Sie sind nicht von hier, aber interessiert. Das ist gut. Es ist nicht mehr weit bis oben. Da gibt es zwei Bänke und eine grandiose Aussicht. Pierre hat Ihnen nicht zu viel versprochen. Wenn Sie dann den linken Weg nach unten nehmen, werden Sie noch einige traumhafte Gärten sehen. Ist mein Tipp für Ihren Ausflug. Wünsche noch einen sehr guten Tag."

Damit ging sie zurück und wandte sich wieder ihrem Strickzeug zu.

Ellen und Roland stiegen sich immer wieder umdrehend den Berg weiter hinauf. Die Stiegen waren nun aus den unterschiedlichsten Steinen zusammengesetzt, hatten nicht immer die gleiche Tritthöhe, aber sie wurden, glaubte man die Spuren auf ihnen richtig zu lesen, fleißig benutzt.

Endlich nahmen sie die letzte Stufe und wurden augenblicklich für ihre Mühe belohnt. Ein relativ großes Plateau lag vor ihnen, ein Mammutbaum, ein *Sequoiadendron*, thronte fast in der Mitte. Seine kegelförmige Erscheinung setzte dem Plateau ein Mützchen auf. Unter seinen ausladenden Ästen hatte man zwei Bänke und einen Picknicktisch aufgestellt. Ellen erschien es ein absolut idealer Platz, um sich hier mit den Bewohnern des Hangs zu einem geselligen Zusammensein zu treffen.

„Memo an mich: Sollten wir morgen unser Auto nicht zurückbekommen, Käse, Baguette, Schinken und Wein einkaufen. Gnädige Frau, darf ich Sie morgen zu einem sehr romantischen Abendessen im Schein der untergehenden Sonne einladen. Bitte beachten Sie, es wird aus der Flasche getrunken."

„Ja, mein Herr, Sie dürfen mit mir rechnen. Allerdings könnte ich etwas zu dieser romantischen Szene hinzufügen. Memo an mich: Servietten, Pappbecher und Besteck kaufen."

Dann liefen sie zu der Bank, die ihnen einen Blick über das Tal freigab, aus dem sie den Aufstieg gewagt hatten. Roland küsste Ellen ausgiebig, was sie nur zu gerne zuließ. Es war einfach nur schön, traumhaft romantisch und entschädigte für die Mini-Störung in dem Bistro.

Nach einiger Zeit standen sie händchenhaltend auf, liefen zur anderen Seite des Plateaus und kamen aus dem Staunen nicht mehr heraus. Vor ihnen lag die Innenstadt des Städtchens mit ihren bunten Dächern. Im Zentrum stand die Kirche, an der sich tatsächlich die drei Haupttäler zu treffen schienen. Es war wie der Blick auf eine Modelleisenbahnlandschaft, nur bewegten sich hier reale Autos. Leider fehlte eine süße kleine Dampflok, die das Bild vervollständigt hätte. Man konnte halt in der Realität nicht das haben, was man als Kind auf seiner Eisenbahnplatte erbaut hatte.

In das Zwitschern der Vögel hinein hörte man vier Glockenschläge aus dem Turm der Kirche.

„Oh, vier Uhr. Die Pressekonferenz startet. Was Commissaire Champignon der Meute von neugierigen Journalisten wohl zu erzählen hat? Auf der einen Seite wäre ich gerne Mäuschen, aber andererseits, wir sind damit fertig. Wir haben unsere Pflicht getan."

Ellen hatte da so ihre Zweifel.

„Also, wenn ich ehrlich bin, dann wüsste ich wirklich schon sehr gerne, was die Spurensicherung so alles gefunden hat und ob das Gesicht auf dem Foto zugeordnet werden konnte."

„Tja, da hast Du Recht. Auch was sich an Spuren ergeben hat. Aber NEIN! Wir sind zwar neugierig, aber keine Akteure mehr. Wir sind nur noch Touristen. Mir steht mehr der Sinn nach einer Erfrischung. Lass uns hinuntergehen. Bist Du auch für den linken Weg mit den traumhaften Gärten?"

Händchenhaltend wie ein frisch verliebtes Pärchen, stiegen sie langsam den Berg hinab. Ab und an blieben sie stehen und schossen noch weitere unglaubliche Fotos, denn es gab wirklich sehr viel zu fotografieren.

12

Sie kamen direkt hinter der Kirche wieder im Tal an. Vor ihnen lag die kleine Bar, die sie gestern schon kennengelernt hatten. Gäste saßen auf der Terrasse im Schatten der großen Schirme und genossen ihre Getränke. Eine heitere, träge Stimmung, passend zu einem warmen Sonntagnachmittag, hing über der Szenerie.

Roland erspähte am Rand der Terrasse noch einen freien Tisch mit zwei Stühlen und steuerte zielsicher darauf zu.

Als die Bedienung an ihren Tisch kam, bestellte er zwei gezapfte Bier. Diese Dame kannten sie noch nicht, was Ellen sehr recht war. Sie hatte so gar keine Lust, auf Fragen ihrer gestrigen Tippgeberin betreffs Textilmuseum zu antworten.

Plötzlich entstand Unruhe. Einige Damen und Herren kamen von der Hauptstraße da, wo auch das Polizeipräsidium lag, in die Bar. Sie redeten wild durcheinander, waren sichtlich nicht zufrieden und ließen sich dann am großen Tisch, der gerade von einer Besuchergruppe geräumt worden war, nieder.

„Also das kann man doch nicht mit uns machen."

„Wirklich, da gebe ich Dir recht. Erst beraumt man eine Pressekonferenz an und dann nur „Wischi Waschi". Sie haben eine Leiche in einer Industriehalle draußen bei der alten Textilfabrik gefunden! Das wussten wir doch schon. Und auch, dass es sich um den vermissten Professor aus Frankfurt handelt. Aber was hat er hier gemacht? Wer hat ihn gefunden? Das hätte doch unsere Leser interessiert."

„Du kennst doch unseren Commissaire, er schweigt immer so vielsagend."

Lautes Gelächter brach unter den Herrschaften aus. Dann orderte die Gruppe Bier für die Herren und für die Damen Rotwein.

„Wurde der nicht in Yvetot vermisst? Was machte der denn dann hier?"

„Bestimmt die Halle und das Land in Augenschein nehmen und berechnen, was man dafür blechen müsste. Es soll ja einen Schweizer Investor geben. Der kann sich einen Professor für das Berechnen seines angepeilten Gewinns gut leisten."

„Sag mal, Rene, Du hast wohl gar nicht Deine eigene Zeitung von gestern gelesen? Da hat doch sehr genau gestanden, dass der Deutsche ein Professor war, der sich im Urlaub befand. Das hat ja auch die Pressesprecherin aus Yvetot bestätigt. Seine Frau soll übrigens heute in Yvetot eintreffen."

„Und gefunden haben die Leiche zwei Touristen. Rest wird noch genauestens untersucht und auf einer weiteren Pressekonferenz am Dienstag bekannt gegeben. Na ja, die arbeiten auch nur auf Sparflamme am Wochenende. Wer da eine Leiche findet, der findet sie halt zu einem ungünstigen Zeitpunkt. Du wirst sehen, wenn morgen wieder die komplette Mannschaft vor Ort ist, dann wird schon vor der nächsten Pressekonferenz an uns etwas durchsickern."

Da die Getränke kamen, war die Gruppe mit Zuprosten und ersten Schlucken nun beschäftigt. Ellen wollte gerade aufstehen und im Inneren an der Kasse bezahlen, um schnell und unbehelligt zu verschwinden, als Roland lachend murmelte:

„Nun wird es interessant. Gleich wird wild spekuliert."

Er setzte sich in seinem Stuhl zurück, streckte die Beine entspannt aus und spielte den unschuldigsten aller Besucher der Bar. Sie hätte ihm zugetraut, dass er sich eine Zigarette anzündet, nur um desinteressiert zu wirken. Aber sie wusste, er hatte nun seine Konzentration vollständig der Gruppe zugewandt. So viel zu seiner Haltung: Wir haben nichts mehr damit zu tun!

Schon blickte sich der, der mit Rene angesprochen worden war, suchend auf der Terrasse um. Ellen senkte langsam den Kopf und werkelte an ihrer Kamera herum.

„Georgette, bitte noch eine Runde. Habt Ihr viele Touristen hier zurzeit? Ist ja Nachsaison, das müsste Dir da doch auffallen."

„Du müsstest Yvonne fragen, aber die hat heute frei. Warum willst Du das wissen? - Bestellung kommt sofort."

„Die Leiche in der Fabrikhalle draußen, die soll von Touristen gefunden worden sein. Kann ja sein, dass Du was läuten gehört hast."

„Nö, aber da war vorhin auch bei der „Chapelle Sainte-Anne" ein Team. Habe die gesehen, als ich vor einer Stunde zur Arbeit fuhr. Ich komme da immer vorbei. Denke, die müssten noch da sein, falls es Dich interessiert. Kannst ja dahin fahren, wenn Du Dein Bier auf hast."

Damit trat sie mit dem Tablett voller Gläser aus der Tür.

„Na schau einer an, danke mein Schatz. Seht Ihr, man muss nur die richtigen Leute fragen. Was hast Du gesehen?"

„Typen in weißen Schutzanzügen, der Claude war auch dabei. Also da war was Technisches. Aber ob das mit der Leiche zu tun hat? Kann ich Dir jedenfalls nicht sagen. Nur damit das klar ist Rene, das hast Du nicht von mir. Ich will keinen Ärger haben."

„Du weißt mein Schatz, wir schützen unsere Quellen."

Die Gruppe lachte. Zwei von ihnen machten sich auf einen Wink von Rene auf den Weg.

Ellen hoffte inständig, dass sie weiterhin unentdeckt blieben. Dieser Rene war ein kleiner Bluthund und hatte nun Fährte aufgenommen. Sie kannte diese Art von Presseleuten. Kurz vor ihrer ersten Kollektionspräsentation hatte sie, damals noch sehr naiv, unvorsichtigerweise ein kleines bisschen zu viel dem Chefredakteur der Rheinischen Post verraten. Vor jeder Saison stand er von nun an vor ihrer Tür und sie musste jedes Mal abwägen, wie viel sie offenbarte, um es sich nicht mit ihm zu verscherzen. Denn, ja, sie brauchte die Presse.

„Hallo Madame, Monsieur, welch ein wundervoller Sommertag. Wie ich sehe, sind sie aber auch nicht von hier. Ich kenne meine Leser. Darf ich mich kurz vorstellen? Mein Name ist Rene Pelegin, ich bin Chefredakteur vom *„Courrier Cauchois"*. Haben Sie schon von der Leiche, die man hier in Bolbec gefunden hat, gehört?"

Ellen setzte ihr absolut unschuldigstes Lächeln auf. Sie wusste, diese Leute musste man mit „Unfähigkeit" außer Gefecht setzen. Also legte sie mit dem schlechtesten und schauderhaftesten Französisch, dessen sie fähig war, los.

„Bitte? Ach, Entschuldigung für Sie. Ich habe kleinen Wortschatz."

Roland ging sofort auf das Spiel ein und fragte Ellen auf Deutsch:

„Was hat er gesagt? Hast Du das verstanden?"

und an den Chefredakteur gewandt:

„Ja, danke: Ein Sommertag mit vielen Lesern. Sehr gut. Danke."

Der Chefredakteur blies seine Backen auf, stieß dann die Luft aus.

„Also wenn das die Touristen sein sollten, die die Leiche gefunden haben, dann wären sie doch da nur hinein gestolpert. Leute, von den beiden erfahren wir nichts."

Ellen sah nun den Chefredakteur keck an.

„Sie Schmerz haben? Muss Cognac nehmen, immer sagt meine Oma."

Es folgte ihr süßestes Lächeln. OK, in ihrem Alter war das eher peinlich, zumindest hätte das nun ihre Tochter gesagt. Aber es schien zu wirken. Der Mann verlor zusehends das Interesse an einer so absurden Konversation. Er schaute sich bereits nach seinem nächsten Opfer um. Roland stupste Ellen mit seinem Fuß an und grinste breit.

„Also diese Menschen sind doch einfach zu nett. Hoffentlich trinkt er gleich einen Cognac, das war sicher sehr hilfreich. Ich gehe dann mal bezahlen."

Irritiert schauten einige der Presseleute zu ihnen herüber. Scheinbar konnten sie etwas Deutsch und verstanden nun gar nichts mehr.

13

„Im Krieg und in der Liebe ist alles erlaubt."

Lachend betraten sie das Hotel und wurden von der Besitzerin Madame Lorote, die wieder am Empfang stand, sofort auf den offiziell neuesten Stand der Dinge gebracht.

„Bonsoir, Madame, Monsieur. Ich hoffe, Sie haben einen angenehmen Tag bei uns erleben dürfen. Das kann ich nicht für alle hier sagen. Wir haben einen neuen Gast. Die Frau des Opfers, Frau Rotenfels, hat bei uns Quartier bezogen. Sie konnte sich nicht dazu durchringen, in Yvetot im Hotel ihres Mannes zu nächtigen. Da ist ja noch das Zimmer durch die Spurensicherung gesperrt. Und hier ist sie ja auch näher am Geschehen. Unsere Polizei ist jetzt zuständig, denn hier wurde ja auch die Leiche gefunden. Ach ja, ich habe der Dame gesagt, dass wir noch weitere deutsche Gäste haben. Falls sie auf Sie zukommt.

Haben Sie schon ein Restaurant für heute Abend ausgesucht? Sonst kann ich Ihnen auch noch das „Douanier Rousseau" empfehlen. Die Küche ist etwas bürgerlicher, aber sehr lecker. Wenn Sie wünschen, reserviere ich wieder für Sie. Ist 19:00 Uhr genehm? Ach nein, da wird erst geöffnet, das ist nicht so gut. Denke 19:30 oder 20:00 Uhr wäre besser."

Ellen musste lächeln. Die Bemühungen der Chefin waren wirklich Gold wert. Sie hatte Tipps, wusste die lokale Situation einzuschätzen und hatte eine gute Übersicht über die Restaurantlandschaft mit ihre Stärken und Schwächen. Sie waren in Frankreich. Hier tauschte man bekanntlich sogar seine Rezepte und Küchentipps auf dem Markt miteinander aus. Für eine leidenschaftliche Hobbyköchin, die sie war, eine Goldgrube. Sie musste unbedingt mit ihr über die Bolbecer Küche und ihre Spezialitäten sprechen. Eventuell konnte sie ja wieder etwas Neues entdecken. Sie nahm den Schlüssel ihres Zimmers in Empfang.

„Ich denke, ein neues Restaurant wäre interessant. 20:00 Uhr ist perfekt, dann haben wir noch genügend Zeit, uns etwas auszuruhen. Danke."

Schon hatte die Besitzerin das Telefon in der Hand und regelte einen Platz für sie.

„Geht auch 19:45 Uhr? Laurent, der Besitzer, sagt, dann hätte er einen wunderschönen Tisch für Sie frei."

„Das passt auch sehr gut. Danke. Können wir eventuell im Garten etwas zu trinken bekommen?"

„Aber natürlich. Isabelle, Sie kennen sie bereits vom Frühstücksbüffet, ist draußen. Sollen die Getränke auf Ihre Rechnung gesetzt werden? Ist ja immer viel praktischer. Dann sagen Sie es bitte Isabell."

Ellen und Roland liefen durch die Halle zum imposanten Garten mit seinen Rabatten und einem Kiesplatz, auf dem Tische und Stühle aufgebaut waren. Große Sonnenschirme spendeten Schatten.

Ellen sah sich die verspielten Eisenstühle mit dem Rosenmuster im Rückenteil sehr genau an. Sie hatte vor Jahren ein Rosenmuster für Kissenbezüge zu solchen Stühlen entworfen. Schnellen Schrittes lief sie auf die Stühle zu und betrachtete die Kissen. Dann drehte sie sich lachend zu Roland um.

„Willkommen in meinen Stofffantasien. Mein Herr, genießen Sie doch bitte meine Kreation aus der Heimkollektion von 2000."

Roland schritt theatralisch an den Tisch heran, machte eine tiefe Verbeugung vor Ellen, schob den Stuhl etwas vom Tisch weg und setzte sich dann gespielt vorsichtig auf ihn.

„Danke, meine Liebe, es ist mir wie immer ein sehr angenehmes Gefühl, meinen Allerwertesten auf einer Idee meiner Angetrauten zu betten."

Isabell, die herbeigeeilt war, betrachtete die Szene mit großen Augen. Wie es schien, hatte sie solch ein Verhalten hier auch noch nicht erlebt. Gut, dachte Ellen, dass sie nichts davon versteht. Aber sie nahm die Bestellung, zwei kleine alkoholfreie Bier, freundlich entgegen.

Wer aber die Unterhaltung sehr wohl verstanden hatte, war eine Dame, Ellen schätzte sie auf das Alter ihrer Tochter, die sich erhoben hatte und langsam, fast zögerlich auf sie zukam.

„Entschuldigen Sie bitte, so viele Deutsche in diesem Hotel wird es ja hier nicht geben. Ich glaube, Sie sind die Kaisers, von denen mir die Besitzerin erzählt hat. Ich darf mich vorstellen. Rotenfels mein Name, Babette Rotenfels. Allerdings bin ich nicht aus einem vergnüglichen Urlaubsgrund hier. Damit Sie es gleich wissen, ich halte nichts vom Getuschel der Leute, ich bin die Ehefrau des Vermissten oder wie es seit der Pressekonferenz öffentlich ist, der inzwischen gefundenen Leiche."

„Guten Tag Frau Rotenfels, zuerst unser aufrichtiges Beileid. Wie schrecklich für Sie. Sie haben unser tiefstes Mitgefühl. Wenn wir Ihnen behilflich sein können, so stehen wir im Rahmen unserer Möglichkeiten gerne zur Verfügung."

„Ich bin heute Mittag in Yvetot eingetroffen, man hat mich gestern erreicht und mich gebeten, her zu kommen. Ich sollte bei der Suche nach meinem Mann helfen. Also bin heute Morgen sehr früh losgefahren, wollte aber nicht dort im Hotel logieren. Da wird ja jetzt noch alles untersucht. Mein Mann ist ja nun kein Vermisster mehr, wie noch gestern, als man mich kontaktierte. Hier ist man jetzt zuständig. Ich soll morgen mit dem Kommissar reden. Aber nun lasse ich Sie besser Ihren Urlaub genießen. Hoffe nicht, dass ich Sie nochmals stören muss, aber es tat gut, einige vertraute deutsche Sätze zu wechseln."

Ellen beschloss in diesem Moment der Dame nicht zu eröffnen, dass sie die Leiche gefunden hatten. Frau Rotenfels sollte erst einmal zur Ruhe kommen. Sie hatte bereits genügend durchgemacht. Als sie Roland anschaute, sah sie genau, dass er zwar mit dieser Haltung von ihr haderte, aber schweigend in ihre Entscheidung einstimmte.

„Wir haben gerade einen Tisch in einem Restaurant bestellt, besser bestellen lassen. Möchten Sie uns begleiten?", fragte Ellen.

„Bitte verstehen Sie mich, ich möchte mich am liebsten gar nicht bewegen, geschweige denn essen. Ich habe aber mit der Dame an der Rezeption abgesprochen, dass Sie mir eine Kleinigkeit später auf mein Zimmer bringt. Sie ist so bemüht und freundlich. Ich werde sehen, ob ich doch noch etwas runter bekomme."

Mit diesen Worten ging sie langsam zu ihrem Tisch zurück. Wie schrecklich schoss es Ellen durch den Kopf, so ganz alleine, warum hatte sie denn keiner begleitet? Als sie leise Roland fragte, meinte er:

„Sie wusste doch nur, dass man ihn vermisst. Wir haben ihn gestern zwar erkannt, aber das muss durch Frau Rotenfels erst noch bestätigt werden. Zudem wurde er sicher in der Zwischenzeit obduziert. Und sie war da schon auf dem Weg nach Yvetot. Dort wird sie es gehört haben und hat sich entschlossen, nach Bolbec zu kommen. Zudem steht sie ganz sicher unter Schock."

Die beiden bestellten Biere wurden serviert und Ellen und Roland prosteten sich zu.

„Nein, wenn ich mir vorstelle, Du müsstest so etwas ohne Beistand durchstehen. Ich werde doch nochmal zu ihr gehen und etwas sagen. Das alles ist so unwirklich."

Roland stand auf und ging zu Frau Rotenfels an den Tisch.

„Bitte entschuldigen Sie meine Störung. Haben Sie eine Person, die sich um Sie kümmert? So etwas sollte man nicht alleine durchstehen."

„Morgen wird mein Schwager, der ältere Bruder meines Mannes, hier eintreffen. Es war ja so gar nicht geplant. Was hier nun als Fakten bekannt ist, das habe ich in Frankfurt bei meiner Abreise noch gar nicht gewusst. Danke für ihre liebe Mühe."

Sie hob ihr Gesicht und Roland sah, dass sie nach ihrer Rückkehr an den Tisch geweint hatte. Er reichte ihr in einer etwas hilflosen Geste ein Taschentuch.

„Die Besitzerin des Hotels, Frau Lorote, hat uns den Tisch im Restaurant bestellt. Sie kann uns jederzeit erreichen. Wenn Sie möchten, Sie können gerne meine oder die Telefonnummer meiner Frau haben. Man weiß ja nicht, wann man einfach nur reden möchte. Zögern Sie bitte nicht."

Schon schrieb er beide Telefonnummern auf einen Zettel und setzte ganz bewusst nur ihre Vornamen hinter die jeweilige Nummer. Dazu schrieb er ihre Zimmernummer. Es machte das Ganze etwas persönlicher.

„Wie gesagt, für alle Fälle. Gute Nacht."

Ellen und Roland tranken schweigend ihr Bier aus und begaben sich auf ihr Zimmer.

Hier machten sich beide für ihren Restaurantbesuch an diesem Abend fertig.

14

Kaum hatten sie das Hotel verlassen, Ellen hatte sich in Vorfreude auf ein neues Genusserlebnis wunderhübsch herausgeputzt, platzte es aus ihr heraus.

„Also solch eine Situation möchte ich niemals erleben. Roland versprich mir bei allem, was Dir heilig ist, dass Du Dich nicht ermorden lässt. Und nun will ich diesen Abend mit Dir nur genießen."

Sie schlenderten wie ein frisch verliebtes Paar eng aneinandergeschmiegt durch die Gassen. Blieben hier und dort vor einem Schaufenster stehen und sahen sich die Auslagen an. Dem kleinen Teeladen, den Ellen entdeckte, wollte sie morgen einen längeren Besuch abstatten. Hier gab es so wunderhübsche kleine, fantasievolle Tee-Eier. Das wäre doch ein schönes Mitbringsel für ihre Tochter. Dazu eine ungewöhnliche Teemischung oder einen Honig aus der Region. Roland war schon weiter gegangen. Nun drehte er sich zu ihr um und schien von irgendetwas verwirrt zu sein. Ellen schloss zu ihm auf.

„Was hast Du denn entdeckt, das hier nicht hingehört?"

„Ach, ich hätte schwören können, dass ich unser „Gesicht" wieder gesehen habe. Dort zwischen den beiden Häusern in der kleinen Gasse. Aber nun ist da gar nichts mehr. Wahrscheinlich sehe ich schon Gespenster. Lass uns zum Restaurant gehen. Ich habe wirklich großen Hunger."

Im Restaurant, das fast bis auf den letzten Tisch besetzt war, führte man sie nach Nennung ihres Namens an einen kleinen

Tisch am Rande des Saales, der sich nach hinten zu einem weiteren größeren öffnete.

„Ich gehe mir mal schnell die Nase pudern. Komisch, ich weiß gerade nicht, wie man es schicklich in Französisch ausdrücken soll. Heute hätte ich Spaß an einem kleinen Aperitif. Bitte überrasche mich."

Ellen lief durch die Reihen der Tische weiter in den angrenzenden Raum. Auf halbem Weg stoppte sie plötzlich und lief dann ganz aufgeregt zu einem Tisch hinten in der Ecke.

„Giselle? Bist Du es wirklich? Mein Gott, wie lange ist das denn her?"

Die so Angesprochene hob den Kopf, runzelte die Stirn und stand dann sehr schnell auf, um Ellen entgegenzueilen.

„Ellen, sehe ich das richtig, Ellen? Was bitte in aller Welt machst Du denn in Bolbec? Die Tage der Textilindustrie sind lange vorbei. Bist Du nicht auch schon in Rente?"

Dann fielen sich die beiden Frauen sehr zum Erstaunen der um sie herum sitzenden Gäste, denn beide hatten Deutsch gesprochen, in die Arme. Die ersten Gäste klatschten, als Giselle der verdutzten Runde auf Französisch verkündete:

„Darf ich vorstellen, meine alte Studienkollegin aus Stuttgart, Ellen. Wir haben uns damals eine kleine Wohnung geteilt. Aber das ist gute 50 Jahre her."

„Ellen, ich musste das hier schnell aufklären, das bin ich den Menschen schuldig, ich habe hier, gleich nach dem Studium meine Praxis als Psychologin gehabt. Du kannst Dich erinnern? Mein Vater kam aus Bolbec, sein Bruder hatte hier seine Praxis und die habe ich übernommen. Bin aber dann nach meiner Heirat nach Rouen gezogen. Mein Mann hat da gearbeitet. Ist aber jetzt im sehr verdienten Ruhestand. Nun, so will es das Schicksal, arbeitet mein Sohn hier. Nein, er hat die Praxis nicht übernommen, er macht was mit Computern und wurde vor zwei Jahren hierhin versetzt. Wir haben beschlossen, uns hier heute zum Essen zu treffen. Ach Gott, entschuldige, darf ich Dir meinen Mann vorstellen?"

Sie zog Ellen mit an den Tisch und zeigte dabei auf einen Herrn, der ihnen den Rücken zuwandte.

„Emile, schau, wer mich gerade entdeckt hat. Ellen, meine alte Wohnungsgenossin aus Stuttgart."

Der Angesprochene schälte sich aus dem Sessel am Tisch, er war groß und irgendwie schlaksig. Dann drehte er sich zu ihr um. Ellen war total verdutzt. Vor ihr stand der Computer Nerd von heute Vormittag, aber deutlich gealtert. In diesem Augenblick brachte Ellen auch die für sie bekannten Augen des Nerds an die richtige Stelle. Es waren die Augen von Giselle.

„Enchanté Madame. Ah, Sie sind also die legendäre Ellen. Ich habe schon sehr viel von Ihnen gehört. Sogar Ihre Publikationen über die unbewussten Entscheidungen beim Einkauf und Ihre Untersuchungen zur Entwicklung der Mode musste ich auf Befehl meiner Frau lesen."

Er lachte ein sehr angenehmes und mitreißendes Lachen, während er ihr ausgiebig die Hand schüttelte. Er schien sich wirklich zu freuen.

„Sind Sie alleine? Ach nein, Sie hatten ja auch geheiratet. War bei unserer Generation ja noch so üblich. Wir hoffen doch, dass Ihr Mann Sie begleitet."

Ellen nickte. Bevor sie etwas erwidern konnte, sagte er schon:

„Giselle, wir wollen doch zu ihm gehen und ihn auch begrüßen. Wo haben Sie ihn denn versteckt? Reicht der Platz an unserem Tisch? Dann werden wir doch einfach zusammen essen."

Gemeinsam liefen sie zurück zu Roland. Der staunte nicht schlecht, als er unter viel Lachen von diesem komplett unerwarteten Wiedersehen hörte.

„Natürlich, sehr gerne werden wir unseren Frauen die Freude machen. Wir können sie doch nicht jetzt schon wieder trennen. Nur muss ich das nun der Bedienung erklären, denn ich habe gerade einen Aperitif bestellt. Meine Frau hatte mich darum gebeten."

„Das werde ich regeln. Gehen Sie bitte schon zu unserem Tisch. Werden, wenn sich mein Sohn dann entschließt, doch noch zu erscheinen, halt etwas zusammen rücken."

Mit diesen Worten lief er auf eine Dame zu, die die Chefin hier zu sein schien. Nachdem sie alle am Tisch Platz genommen hatten, ergriff Giselle das Wort.

„Also, um der alten Zeiten willen, wir werden uns alle duzen. Macht die Sache viel einfacher. Wir hatten noch nichts bestellt. Darf ich fragen, welcher Aperitif bereits von Euch angedacht und bestellt wurde, denn ich finde, ein Glas Champagner hat dieser Anlass verdient. Darf ich neu ordern?"

Ellen sah Roland fragend an, aber der hatte ein breites Grinsen auf dem Gesicht.

„Ich bin Roland und angesichts unserer Situation, wir sind hier dank einer Autopanne gelandet, hatte ich beschlossen, wir haben uns Champagner verdient. Wir müssen also nur meine Bestellung erweitern."

„Ich bin Emile, habe hier in Bolbec meine Frau von Berufswegen kennen- und aus freien Stücken lieben gelernt. Die Namen der Damen und ihre Gemeinsamkeiten kennen wir ja bereits. Ah, da kommt unser Champagner. Entschuldigt, aber ich habe einfach beschlossen, das müssen wir feiern. Wie es scheint, verstehen wir uns auch, was das Feiern betrifft."

Es schickte sich wirklich an, ein launiger und sehr unkomplizierter Abend zu werden. Wobei Ellen mit etwas bangem Herzen an Claude dachte. Seine „neutrale" Situation hatte sich somit etwas verschoben. Aber das war in diesem Augenblick wirklich kein Problem.

Die Bestellung der Speisen verlief fröhlich, etwas chaotisch und ganz nach Geschmack von Ellen, etwas unorthodox. Sie liebte es, von allem zu probieren, hatte diese Neugierde auch auf Roland übertragen und so bestellten sie meist jeder für sich die Speisen, die sie noch nicht kannten und mischten sie dann. So konnten sie ihre Neugierde auf neue Geschmacksrichtungen und Speisen mit jeder Mahlzeit stillen. Nach der Bestellung handelte man kurz die „Lebensläufe" ab und so waren alle auf einem aktuellen Stand. An diesem Tisch saßen vier „Unruheständler", die sich vorgenommen hatten, das Leben so lange es dauerte zu genießen. Denn Giselle und Emile waren gerade erst von einer Entdeckungsreise durch die Länder des ehemaligen Jugoslawien zurück.

„Nach drei Monaten Reisen wird es Zeit, unseren Sprössling mal wieder in die Arme zu schließen. Aber wie es scheint, lässt ihn sein Computer nicht los. Er hat sich nach dem Studium erinnert, dass die Polizei ein guter Arbeitgeber für mich, seinen Vater war. Nun gehört er zu den technischen Rechercheuren. Und wie es scheint, hat er sich in etwas festgebissen."

Ellen fand es an der Zeit, etwas die Karten zu lüften.

„Ich fürchte, wir sind nicht ganz unschuldig daran, dass er sich verspätet. Ich bin im wahrsten Sinne des Wortes in eine Geschichte reingelaufen. Und wie es scheint, haben wir danach auch noch einige, hoffentlich wichtige Details zur Verfügung stellen können. Mehr möchte ich hier nicht dazu sagen. Es gab bei der ganzen Geschichte schon genug „Zufälle" und hier im Raum sind mir zu viele Ohren."

Ellen hatte sehr bewusst diese Information auf Deutsch gegeben. Wobei genau in diesem Augenblick der nächste Zufall in der Person von Chefredakteur Rene Pelegin in der Tür stand.

„Bitte, was jetzt auch geschieht, nicht wundern."

Ellen flüsterte diesen Satz gerade noch rechtzeitig in die Runde, als Pelegin ihre Gruppe entdeckt hatte und nun auf ihren Tisch zulief.

„Na, wenn das nicht ein schöner Zufall ist. Monsieur le Commissaire Montemar und seine charmante Gattin, Madame Docteur. Ach nein, in Gesellschaft von meinen beiden deutschen Touristen. Herrje, ich hoffe, Sie können mit diesen Leutchen reden. Die beiden sprechen unsere Sprache, nun ja, sehr eigenwillig. Aber was soll es. Bonsoir Madame et Monsieur."

„Ah, das Monsieur mit das kaputte Bauch, ja, ja, der Cognac ist ein Wunder von das Oma. Gut geht es?"

Ellen lächelte ihn freundlich an. Nein, sie ließ sich nicht eine Sekunde von diesem Mann irritieren. Er sollte ja nicht auf die Idee kommen, sich hier – ganz im Interesse seiner Leser – breitzumachen. Nein, kein versuchtes Interview mit einem ehemaligen Kommissar, keines mit einer stadtbekannten Psychologin, deren Sohn nun im Präsidium, also an der Quelle, werkelte. Hier hatte weder die Leiche noch was dazu gehörte Platz. Er störte und musste sich verziehen. Also fügte sie in Deutsch an Giselle gewandt hinzu.

„Ein ganz entzückender, zu neugieriger Mensch. Muss ganz und gar nicht."

Wie in alten Tagen, waren wirklich fast 50 Jahre seit ihrem alten Spiel vergangen, verstand Giselle den Wink mit dem Zaunpfahl.

„Ja, Rene, es sind alte Freunde, eine Studienkollegin aus Stuttgart. Wir feiern unser Wiedersehen. Nur, bitte fragen Sie die beiden nichts auf Französisch. Total unbegabt, was unsere Sprache betrifft. Da werden Sie schon Deutsch reden müssen."

Rene Pelegin schien unentschlossen, war aber dann doch überzeugt, dass er auch hier heute Abend keine Schlacht schlagen würde.

„Wir wünschen Ihnen guten Schlaf mit Oma. Schönen Mond meine Freundin."

Roland setzte mit diesem freundlichen Satz den letzten entscheidenden Stich. Pelegin hatte sich endgültig entschieden und zog von dannen.

„Na, auf diese Erklärung bin ich aber nun doch gespannt. So hat Rene noch keiner in die Knie gezwungen. Aber das klären wir nach dem Essen, dann bei uns im Hotel. Wo wohnt Ihr denn?"

„Wir sind bei Madame Lorote untergekommen. Gerne aber in vertrauter und sicherer Umgebung. Wohin hat es Euch verschlagen?"

„Na wohin wohl. Ist halt die Adresse hier in Bolbec, wenn man seinen Sohn nicht stören will und es gut und ruhig haben möchte. Auf diese wundervollen Zufälle, a votre santé."

15

Es wurde ein wunderschöner, harmonischer Abend, an dem sie leider Claude nicht mehr in ihrer Runde begrüßen konnten. Nun waren sie gemeinsam auf dem Weg zum Hotel. Als sie am Teeladen vorbei kamen, machte Ellen Giselle darauf aufmerksam und fragte, ob sie eventuell morgen Lust und Laune hätte, sie zum Stöbern zu begleiten. Plötzlich meldete sich Emile leise.

„Meine Lieben, ich will ja nicht stören, bitte dreht Euch jetzt auch nicht um. Aber wir werden verfolgt. Als wir das Restaurant verlassen haben, hat sich ein Mann an unsere Fersen geheftet. Ich weiß nicht, ob dieses Interesse Euch beiden geheimnisvollen Stolperer oder mir, dem ehemaligen Kommissar gilt. Ich schlage vor, wir verabschieden uns voneinander. Ellen und Roland gehen auf direktem Weg zum Hotel. Wir, meine Liebe, werden Deine Kenntnis des Labyrinths ausnutzend uns auf verschlungenen Wegen zum Hotel begeben. Aber ich werde kontrollieren, ob unser Schatten Euch oder uns folgt. Darin habe ich Übung. Sollte etwas sein, bitte laut rufen. Wir werden einander dann beistehen."

Der Abschied wurde ausgiebig und nachvollziehbar für den Beobachter zelebriert.

„Meine Lieben, das war ein wunderschöner Abend, wir sollten das unbedingt wiederholen. Kommt gut ins Hotel, wir werden uns nun auch zur Ruhe legen. Nochmals danke."

Danach gingen Ellen und Roland zügigen Schrittes in Richtung des Hotels. Giselle und Emile wechselten die

Straßenseite und verschwanden in einer kleinen Gasse, die nach oben führte. Gleich hinter einem Vorsprung, den hier zwei Häuser bildeten, blieben sie stehen und lauschten. Es war still oder richtiger, es waren sich entfernende Schritte zu hören. Geübt vorsichtig kam Emile aus der Deckung.

„Der Schatten hat sich nicht für uns interessiert. In was sind die beiden da nur hineingeraten. Es erscheint mir sinnvoll, ihnen vorsichtig zu folgen."

Aber wie es schien, war die Schutz-Patrouille nicht nötig. Ellen und Roland warteten bereits ohne Blessuren in einem kleinen Salon im hinteren Teil des Hotels auf Giselle und Emile. Hier war es ruhig, denn die anderen Gäste hatten es sich an der Bar gemütlich gemacht.

„Also, es ist eindeutig. Der Schatten ist Euch gefolgt. Er scheint wissen zu wollen, wo Ihr logiert. Was habt Ihr angestellt?"

„Ich denke, wir sollten Euch in grober Linie mit unserem Abenteuer vertraut machen."

Ellen fasste in kurzen Sätzen die Ereignisse in der Halle neben dem Textilmuseum zusammen und erklärte dann, warum Claude heute Abend nicht hat kommen können.

„Ihr habt also den Täter in seinem Versteck aufgescheucht?

„Tja, es scheint so. Gut, dass wir die Karte aus unserer Kamera bei der Polizei gelassen haben. Dabei wäre sie beinahe sowieso futsch gewesen. Heute Mittag hat man versucht, unsere Kamera zu stehlen."

„Wo?"

Die Frage von Emile kam ganz unvermittelt.

„Nun, als wir das Polizeipräsidium verlassen haben, sind wir einige Schritte bis zum nächsten Bistro, ca. zwei Straßen weiter gelaufen. Und da …"

Bevor Roland weiter reden konnte, hatte Emile sein Telefon aus seiner Jacke geholt und sprach eine Botschaft scheinbar auf ein Band.

„Bonsoir, hier spricht Commissaire Emile Montemar im Ruhestand aus Rouen. Ich nehme gerade Kenntnis von einer versuchten Straftat an den Zeugen Ellen und Robert Kaiser im Fall der Leiche Rotenfels. Man hat versucht, ihnen ihre Kamera zu entwenden und ist ihnen heute Abend vom Restaurant bis ins Hotel gefolgt. Bitte würden Sie die Spurensicherung schicken, es könnten sich Spuren des Täters auf der Kamera befinden."

Mit einem feinen Lächeln wandte sich Emile an Giselle.

„Ich denke, wir werden heute Abend doch noch unseren Sohn in die Arme nehmen können. So, und während wir warten, werde ich mal mit Roland sehen, ob wir etwas Flüssiges finden. Trocken hält das nun wirklich kein Mensch mehr aus."

Die beiden Herren verschwanden und Ellen gestand Giselle, dass sie solch ein Abenteuer eigentlich nicht haben wollte. Andererseits wäre aber das Profil des Täters sehr interessant.

„Es scheint mir, als wäre dieser Jens Rotenfels das falsche Opfer. Er ist zwar entführt worden, aber dann, nachdem der Täter festgestellt hat, dass er sich den Falschen gegriffen hat, wie Müll abgelegt worden. Was meinst Du?"

„Deine Analyse ist scheinbar schon sehr gut. Ich bin noch nicht so wie Du in der Materie drin, werde mich aber gerne mit Dir zusammen auf die gedankliche Fährte begeben."

Die beiden Herren betraten mit Gläsern und einer Flasche Rotwein bewaffnet den Raum.

„Bis die Herrschaften der Spurensicherung eintreffen, machen wir es uns gemütlich. Und um das Thema zu wechseln, wie gefällt Euch beiden die Normandie? Was habt Ihr denn schon gesehen? Wart Ihr schon in Rouen?"

Ellen war froh, ihre Gedanken wieder von der Leiche lösen zu können.

„Bisher sind wir unseren alten Spuren von 1980 gefolgt. Also Amiens haben wir uns angesehen. Es sollte ja gerade erst richtig losgehen. Wir waren auf dem Weg nach Giverney. Und was passiert? Das Auto streikt! An einem Freitagnachmittag! Kein Kontakt zum Automobilklub, kein Ersatzfahrzeug, aber sehr nette Menschen, die uns geholfen haben. Gestern dann endlich ein Gespräch mit dem Automobilklub, ab morgen werden wir dann ein Ersatzfahrzeug bekommen, wenn unser Auto bis dahin nicht repariert ist. Morgen hören wir auch, wann die Reparatur fertig sein wird. Bis dahin Stillstand für uns."

„Na also Stillstand kann man Euer Abenteuer nicht gerade nennen."

Bei diesen Worten wurde die Tür zum Salon geöffnet und Claude, mit zwei weiteren Beamten in Zivil, betrat den Raum. Sie schlossen hinter sich sorgfältig die Tür.

„Ach Papa, wo Du bist, da sind die Kriminellen."

Lachend fiel er seinem Vater um den Hals und anschließend seiner Mutter.

„Wie kommt Ihr denn eigentlich zu den Kaisers?"

„Tja, wie es aussieht, sind Giselle und Ellen alte Freundinnen. Sie haben sich in Stuttgart eine Wohnung als Studentinnen geteilt. Und da wir uns im Restaurant per Zufall über den Weg liefen, mussten wir das Wiedersehen mit einem schönen Essen feiern. Dass sich dann ein Schatten auf dem Weg ins Hotel an unsere Fersen, pardon an die Fersen von Ellen und Roland hefteten, ja, das habe ich bereits kontrolliert, das war nicht so geplant. Tja, dann erzählen mir die beiden, dass ihnen heute Mittag gleich nach Verlassen des Polizeipräsidiums, im Bistro fast die Kamera gestohlen wurde. Also da haben meine Alarmglocken laut geläutet."

Ellen war inzwischen hoch ins Zimmer gelaufen und hatte die Kamera geholt.

„Ich habe schon gesagt: Gut, dass ich die Karte bei Ihnen gelassen habe. Meiner Meinung nach ist die Person nur an der Kamera und dem zufällig entstandenen Foto interessiert. Wobei ich denke, der Täter hat auch mit Jens Rotenfels die falsche Person entführt. Die Leiche war einfach nur wie Müll entsorgt. Er ist noch immer auf der Suche nach seinem Opfer."

Alle im Raum, bis auf Giselle, schauten Ellen verblüfft an. Was Giselle veranlasste zu erklären:

„Ellen hat ebenfalls Psychologie studiert. Nicht um eine Praxis wie ich zu eröffnen, nein, sie wollte einfach nur die Triebfeder von Menschen verstehen, warum sie und was sie kaufen. Sie hat darüber Artikel und ..."

„... bekannte Abhandlungen geschrieben, sehr, sehr interessant. Ich habe sie auch gelesen.", ergänzte Emile.

„OK, Papa, wir bringen nun hier unsere Arbeit schnell zu Ende und dann sehen wir uns alle morgen um 10:00 Uhr auf dem Revier. Wir werden Eure Aussagen zu den jüngsten Entwicklungen aufnehmen. Oh, nicht erstaunt sein. Wir haben eine Kollegin hier vor Ort im Hotel. Es sind uns einfach zu viele Personen, die in den Fall involviert sind, hier versammelt. War eigentlich nur zum Schutz von Frau Rotenfels gedacht, aber so ist Kollegin Meuser nun für Euch alle da. Ach ja, Papa, Du kennst die Kollegin gut."

Wenig später zogen die Beamten wie zufällige Gäste ab.

16

Das Frühstück am nächsten Morgen nach einer glücklicherweise ruhigen Nacht, verlief entspannt. Man traf sich gemeinsam an einem Tisch im Garten und ließ es sich einfach gut gehen.

Inzwischen hatte sich die Garage bei Roland gemeldet. Das Ersatzteil würde am Dienstag eintreffen und so nichts dazwischen käme, sollte das Auto am Mittwochnachmittag repariert sein. Während des Frühstücks meldete sich auch der Automobilklub. Ein Wagen, er stände zurzeit noch in Rouen, würde am Mittag ins Hotel gebracht werden. Somit waren sie dann zumindest wieder etwas mobil. Zuerst aber würde es für sie gleich nach dem Frühstück ins Polizeipräsidium gehen.

Sie betraten dieses Mal im Beisein von Giselle und Emile das Kommissariat und wurden von Commissaire Champignon empfangen.

„Hallo Renaud, ich will Dir nicht in Deinen Fall grätschen, aber wie es scheint, sind Giselle und ich unfreiwillig Zeugen der letzten Aktionen des mysteriösen Täters geworden. Denke, nachdem wir unsere Aussage gemacht haben, warten wir draußen auf unsere Freunde. Bringen wir es hinter uns. Schalte bitte das Diktiergerät ein.

Also, gestern Abend haben wir Ellen und Roland Kaiser im Restaurant „Douanier Rousseau" per Zufall getroffen. Ellen ist die Studienkollegin meiner Frau. Sie haben sich vor ca. fünfzig Jahren in Stuttgart eine Wohnung während des Psychologie-Studiums geteilt. Da wir auch im selben Hotel übernachten, haben wir uns gemeinsam auf den Rückweg gemacht. Dabei fiel mir eine Person auf, die uns folgte. Zu diesem Zeitpunkt hatten wir noch keine Kenntnis, dass die beiden die vermisste Person Jens Rotenfels tot aufgefunden hatten und wichtige Erkenntnisse mit der Polizei teilten. In der Annahme, dass der Verfolger an meiner Person interessiert sei, habe ich beschlossen, dass wir uns getrennt zum Hotel begeben und ich dabei feststellen wollte, wem die Person ihre Aufmerksamkeit angedeihen lässt. Sie folgte jedoch den Kaisers, war also kein alter Klient von mir. Da wir dann im Hotel erst die genauen Umstände des Interesses des Unbekannten erfuhren und die beiden uns erzählten, dass man gestern nach dem Besuch hier bei Euch versucht hatte, ihnen die Kamera zu entwenden, habe ich Euch angerufen. Das wäre also meine Rolle in dieser Sache, genau wie die meiner Frau. Habe ich etwas vergessen, Giselle?"

„Nein, es ist exakt unser Beitrag zu dieser Geschichte."

Commissaire Champignon bedankte sich bei Emile und bat ihn dann, zusammen mit seiner Frau kurz draußen zu warten.

„Handeln wir im Rahmen des Protokolls und tun ihm Genüge." Dabei zwinkerte er in die Runde und stellte das Diktiergerät aus.

„So und nun Klartext zu den letzten Ereignissen seit unserem Treffen gestern.

Da Du Emile mein alter Vorgesetzter bist und uns Giselle so oft bereits psychologische Hilfe geleistet hat, denke ich, wir sollten einfach mal unsere Gedanken zusammentragen."

„Wobei lieber Renaud wir mit Ellen eine international bekannte Analystin für „unbewusstes Verhalten" in unseren Reihen haben. Ich habe, wie Emile schon erwähnte, nicht nur mit Ellen Psychologie studiert. Ihr Dualstudium und ihr Beruf brachten es mit sich, dass sie sich mit Entwicklungen nicht nur in der Mode beschäftigte und Abhandlungen darüber veröffentlichte. Ich habe einige Ihrer Artikel auch Emile zum Lesen gegeben. Einer dieser Berichte war damals eine Gedankengrundlage für Eure Aufklärung im Raubüberfall des Juweliers in Rouen."

Commissaire Champignon schaute mehr als verdutzt in die Runde.

„Ihr wollt mir aber jetzt nicht erklären, dass das Auto hier in Bolbec seinen Geist aufgab, um pünktlich am Ort zur Aufklärung dieses Mordes zu sein? Giselle, das nimmt Dir keiner ab. Gut, dass gerade das Aufnahmegerät aus ist."

Alle brachen in schallendes Gelächter aus. Dieser Gedanke war einfach komplett absurd. Es genügten doch schon all die Zufälle, die bisher geschehen waren.

„Gut, dann zurück zur Realität des Falls. Unser „Gesicht" war leider polizeilich noch nicht auffällig. Er ist für uns ein Unbekannter. Allerdings sind auch auf der Kamera seine Fingerabdrücke, genau wie in der Kapelle und in der Villa. Also auf der Matratze, am Treppengeländer zu den oberen Etagen und am Fensterrahmen mit der wehenden Gardine. Hier passen der Stand der Sonne und sein Schatten zur Uhrzeit der Aufnahme. Er war also dort. Sein Aufenthalt in der Kapelle gibt uns allerdings Rätsel auf. Wir können das zurzeit noch nicht genau einordnen. Was hat er dort gemacht? Denn wie es scheint, hat er dort entweder aufgeräumt oder etwas gesucht. Was für uns keinen Sinn ergibt."

„Oh, das könnte sogar sehr gut Sinn machen."

Ellen war plötzlich ganz sicher, dass dieses ganze Verhalten von ihm Sinn ergab.

„Er war in der Kapelle, weil er da etwas sehr Wichtiges zu erledigen hatte und hat uns gesehen. Da er davon ausging, dass er auf meinem Foto zu sehen sein wird, musste er uns folgen. Er kann es sich nicht leisten, dass wir sein Geheimnis in der Kapelle lüften. Er wollte die Fotos. Nur dann war er sicher, für die Polizei niemals in der Kapelle gewesen zu sein. Zumindest sind das meiner Meinung nach so in etwa seine Gedanken. Deshalb der Versuch, die Kamera zu bekommen. Diesen Gedanken hat er noch nicht aufgegeben. Es könnte also sein, dass er gerade unser Hotelzimmer nach der Kamera durchsucht. Er will die Sache kontrollieren. Was mich jedoch schon die ganze Zeit stört, ist die Leiche und wie sie abgelegt wurde. Die Person Jens Rotenfels war nicht sein Ziel. Es hat etwas mit einer Begegnung von Rotenfels zu tun.

Was tat Jens Rotenfels wirklich in Cany-Barville? Wen hat er dort getroffen? Was tat er in Yvetot?

Meine These: Als der Täter seinen Irrtum feststellt, hat er Rotenfels wie nutzlosen Müll entsorgt. Er weiß, dass die Hallen durch Immobilienscouts besucht werden. Er wollte die Leiche finden lassen. Allerdings später. Genauso wichtig: Was sollen wir in der Kapelle auf keinen Fall finden? Es könnte der Schlüssel zu allem sein!"

„Ich fasse es nicht! Madame Sie sollten wirklich Profiler werden. Zuerst schicke ich eine Nachricht an Kollegin Meuser, die Ihr Hotelzimmer beobachtet. Eine Mannschaft muss sich die *„Chapelle Saint-Anne"* gründlich vornehmen. Und danach sollten wir Frau Rotenfels genauer zur Tätigkeit ihres Mannes befragen. Bisher wissen wir ja nur, dass er ein Professor für Atomphysik in Frankfurt ist und in Yvetot Urlaub gemacht hat. Ich dachte, wir bringen langsam Licht in das Dunkel des Falls und nun stellen Sie, liebe Frau Kaiser, mal eben alles auf den Kopf und in Frage. Emile, wie bitte hast Du Deine Fälle im Dunstkreis einer Psychologin nur lösen können?"

Sein Lachen war leicht verzweifelt.

„Kann ich hier eigentlich noch irgendeine Person guten Gewissens auf die Straße entlassen?"

„Ach ja, meine Frau hilft doch wirklich gerne."

Roland konnte sich diese Bemerkung nicht verkneifen. Ihm war durch die Ausführungen von Ellen klar geworden, die Zielperson des Unbekannten war noch da draußen und der Täter wollte seinen Fehler korrigieren. Ein ihnen völlig Unbekannter schwebte in Lebensgefahr und der Mörder war eventuell bereits auf dem Weg zu ihm.

„Ich bräuchte eine große Mannschaft, um all diese Fragen zu beantworten, um Spuren zu verfolgen. Doch bin ich mir sicher, wir stehen nicht ganz am Anfang, wir wissen schon eine ganze Menge. Ich werde nun also die Aussagen von Madame und Monsieur Kaiser zu Protokoll nehmen. Dann haben wir den offiziellen Teil ordentlich hinter uns gebracht. Danach bitte ich die bereits im Hotel anwesende Kollegin Meuser die Möglichkeit eines Auftauchens unseres Unbekannten in Betracht zu ziehen und einfach die Situation weiter im Blick zu haben. Aber Sie, liebe Familie Kaiser, sollten nun endlich Ihren Urlaub genießen. Wir wollen diese ganze Geschichte mit der Aussage von Ihnen zum gestrigen Abend dann auch beenden."

Nach einem sehr tiefen Seufzer schaltete Commissaire Champignon das Aufnahmegerät wieder ein.

„Wir nehmen nun die Aussage des Ehepaars Kaiser zu Protokoll betreffs des versuchten Raubes ihrer Kamera in einem Bistro nach ihrem gestrigen Besuch des Polizeipräsidiums. Anschließend wenden wir uns den gestrigen Vorkommnissen am Abend auf dem Weg vom Restaurant zum Hotel zu."

17

Nach einer guten Stunde fanden sich Ellen, Roland, Giselle und Emile zurück im gleißenden Sonnenlicht im Hof des Polizeipräsidiums.

„Ich schlage vor, wir besuchen das Bistro von Pierre, in dem ihr beiden gestern bereits den Kaffee überprüft habt. Dort werde ich mir einfach aus der Sicht eines alternden Kommissars die Lage nochmals ansehen. Hoffen wir, dass uns heute unser Verfolger keine Aufmerksamkeit schenkt."

Soweit es die Situation erlaubte, alle versuchten einen eventuellen Verfolger auszumachen, liefen sie plaudernd zum Bistro von Pierre. Pierre stand hinter dem Tresen und entdeckte sie sofort, als sie sich der Terrasse näherten.

„Bonjour mes amis. Heute mit Verstärkung? Oh, lala, wen haben wir denn da? Wenn das nicht unsere verehrte Frau Doktor ist. Lange nicht gesehen. Obwohl, Ihr Claude kommt regelmäßig nach der Arbeit auf einen Absacker. Liegt ja auf seinem Weg nach Hause. Na ja, das wissen Sie ja sicher. Aber woher kennen Sie diese netten Urlauber? Die haben sich doch nicht etwa nach dem Schreck gestern in Ihre Behandlung begeben müssen?"

Giselle klärte ihn auf, dass sie gestern ganz zufällig ihre alte Studienkollegin aus Stuttgart getroffen hätte.

„Aber sie schwärmten von Deinem Kaffee, Deinen Sandwiches und Deinem Charme. Mach uns doch bitte quatre Café au Lait und vier Sandwiches. Und damit Du uns alle zuordnen kannst: Das ist Emile, mein Mann, der Grund, weshalb ich damals Bolbec den Rücken kehrte."

Damit nahmen sie alle auf der Terrasse Platz und Pierre startete die Kaffeemaschine.

„Also meine Lieben, was gedenken wir nun in der Sache zu unternehmen? Wir sind, ob wir es wollen oder nicht, in die Geschichte involviert. Unsere Bemühungen, uns aus dem Geschehen raus zu halten, werden von der unbekannten Person ständig zunichtegemacht. Er buhlt quasi um Aufmerksamkeit. Ich für meinen Teil würde eigentlich gerne Licht ins Dunkel bringen."

Ellen hatte sich zu den anderen vorgebeugt, um leise reden zu können.

„Gut, ich neige zwar dazu, das gerne auch so zu sehen. Aber wir müssen auch zugeben, wir sind nicht die angewiesenen Personen, um dieses Rätsel zu lösen. Soweit ich die Polizei einschätze, wird sie den Fall sehr fachkundig lösen. Nein, wir tun sehr gut daran, auf Commissaire Champignon zu hören und es dabei zu belassen. Schon alleine um Emile zu schützen und seine alten Kollegen nicht gegen ihn aufzubringen, die hier in Bolbec die Spuren untersuchen."

„Fragt mich einer von Euch? Dann sehe ich das, was wir unbefangen tun sollten: Ein ganz privater Besuch von Yvetot. Die Rundkirche ist wirklich schön, die Innenstadt interessant, wir wollten sowieso auf dem Rückweg die Stadt besichtigen. Zumindest wären wir dann, wie Giselle richtig sagte, aus den Ermittlungen raus hier vor Ort. Zudem haben wir ab heute Mittag einen Ersatzwagen."

Roland hakte mit diesem Vorschlag in einen Gedanken von Ellen ein, die Geschichte vom Ursprung aus zu erkunden. Eventuell konnte man im Hotel von Jens Rotenfels erfahren, ob er wirklich Urlaub dort gemacht hatte. Aber man durfte Emile wirklich nicht in eine Zwickmühle bringen.

Pierre brachte Kaffee und Sandwiches. Genau in diesem Augenblick kam Babette Rotenfels am Arm eines Herrn auf das Bistro zugelaufen. Als sie die Gruppe sah, winkte sie erleichtert und steuerte direkt auf sie zu.

„Darf man sich dazu setzen? Wir kommen gerade von Polizeipräsidium. Oder stören wir, liebe Frau und Herr Kaiser? Aber sie waren gestern so nett, da freue ich mich einfach ganz normale Urlauber zu sehen. Ach so, entschuldigen Sie, das ist mein Schwager Daniel. Er kam heute Morgen und wird mir nun beistehen, das Unbegreifliche zu erfassen."

Sofort schossen ihr bei diesen Worten wieder die Tränen in die Augen, während Roland die Gruppe am Tisch vorstellte.

„Frau Rotenfels, ich darf Ihnen unsere Freunde vorstellen: Herr und Frau Montemar. Frau Montemar ist eine Studienkollegin aus Stuttgarter Zeiten meiner Frau. Sie sind aus Rouen und besuchen gerade ihren Sohn. Beide wohnen auch im selben Hotel wie wir alle.

Sie haben also mit dem zuständigen Commissaire Champignon gesprochen. Hat man denn schon etwas in Erfahrung bringen können? Es muss wirklich sehr schwer für Sie sein."

„Nun", ergriff Daniel Rotenfels das Wort, „es scheint, dass die Polizei völlig im Dunkeln tappt. Entschuldigen Sie bitte, ich spreche lieber Deutsch, mein Französisch ist schon in die Jahre gekommen. Bisher ist nur sicher, dass es sich bei der Leiche um meinen Bruder handelt. Die Identifizierung hat meine Schwägerin heute Morgen zu allererst zusammen mit mir erledigt. Das war gar nicht einfach. Aber man war wirklich sehr bemüht, uns zur Seite zu stehen. Nur wie mein Bruder nach Bolbec kam, ist einfach ein großes Rätsel. Bisher steht fest, dass er an einem Zuckerschock verstorben ist. Auch das ist uns wirklich ein Rätsel, er litt nicht an Diabetes. Aber es gab keinerlei weitere Gewalteinwirkung, bis auf eine kleine Einstichstelle am Oberschenkel. Kann durchaus sein, dass er betäubt wurde oder man ihm eine extrem hohe Dosis Insulin verabreicht hat."

„Eigentlich wollte Jens doch nur dieses Buch in Ruhe schreiben. Deshalb dachte ich auch zuerst, als er vermisst wurde, er hätte sich nach Yvetot zurückgezogen. Ruhe und die Meer vor der Tür. Er liebte so sehr die See. Es erschien mir so logisch. Das hat er in der Endphase einer Veröffentlichung immer so gemacht. Plötzlich war er einfach verschwunden. Meist hat er sich dann, wenn er den Knoten in seinem Skript überwunden hatte, gemeldet.", fügte Frau Rotenfels den Ausführungen ihres Schwagers hinzu.

„Wissen sie, liebe Frau Rotenfels, worüber Ihr Mann schrieb? Also was der Inhalt des Buches war?"

Giselle fragte im sanften Ton einer Therapeutin, die das unbewusst Aufgeschlagene an die Oberfläche holen wollte.

„Oh, genau weiß ich es nicht, aber ihn hatten die Klimaerwärmung und somit verschiedene Standorte für Atomkraftwerke seit dem Unglück in Fukushima stark interessiert. Er wollte auch nach Japan und sich dort mit Wissenschaftlern treffen."

„Da wären Sie gewiss mitgereist.", mutmaßte Giselle.

„Ich weiß es nicht. Wir hatten darüber gesprochen, aber unsere Tochter hätte nicht so lange der Schule fernbleiben können. Wir haben noch nach einer guten Lösung gesucht. Ist ja nun auch egal. Er hat sogar ein Geburtstagsgeschenk für unsere Tochter besorgt. Ein Kochbuch der Normandie, das sie sich so sehr seit unserem letzten Urlaub in Honfleur gewünscht hat. Man hat es direkt vor dem Leihwagen meines Mannes gefunden. Er scheint es gerade in dem kleinen Buchladen in Cany-Barville gekauft zu haben."

Womit es endlich eine Erklärung für den genauen Zeitpunkt seiner Entführung gab.

„Und das haben Sie natürlich der Polizei hier vor Ort auch erzählt?", fragte Giselle.

„Nein, diese Information hat man uns heute, also gerade, gegeben. Er war bestimmt auf dem Weg zum Meer. Er nannte solche Ausflüge immer: Seinen Kopf durchlüften. Da durfte man ihn auch nicht stören."

Es war wirklich ersichtlich, dass sie völlig ahnungslos war. Roland unternahm einen erneuten Vorstoß.

„Entschuldigen Sie meine Neugierde, ich will das Ganze auch nur irgendwie verstehen. Kann sich den keiner aus seiner näheren Arbeitsumgebung vorstellen, wie weit er mit seinem Buch war?"

„Auch das entzieht sich unserem Wissen. Ich habe vor meiner Abreise noch mit seiner Sekretärin gesprochen. Sie dachte, er sei zu Recherchen in Lausanne in der Kernforschungsanlage. Nein, es kann nur die Fertigstellung des Buches gewesen sein, das ihn nach Yvetot hat reisen lassen."

Auch Ellen musste zugeben, dieser Fall war mehr als mysteriös. Zwar fand sie großen Gefallen daran, in dieser Geschichte weiter zu erkunden, was sich zugetragen hatte, aber wie und wen würde sie damit verärgern? Sie war nur per Zufall in die Geschichte gestolpert. Hatte schon einiges zur Klärung beigetragen. Der aktuelle Punkt war, man konnte sich auch lächerlich machen.

Roland hatte Recht, ein Ersatzwagen stand vor dem Hotel, sie konnten einfach einen ganz privaten und vorgezogenen

Ausflug nach Yvetot machen. Etwas anderes sehen und sich keine weiteren Fragen stellen. Sie aß den Rest ihres Sandwiches und gab den neuen Erkenntnissen einen Platz. Ihre bisherigen Mutmaßungen, dass Jens Rothenfels nur ein Zufallsopfer gewesen war, würden sich nur bestätigen, wenn … Nein! Schimpfte Ellen still mit sich, keine weiteren Spekulationen.

In diesem Augenblick hörte sie Roland sagen:

„Nun, wir wollten heute Abend hier oben auf dem Hügel ein Picknick machen. Wer sich uns anschließen möchte, sehr gerne."

„Ach herrje, wir wollen gleich zurück nach Rouen fahren. Haben ja unseren Sohn in die Arme schließen können. Mehr wird es wohl auch nicht an Gemeinsamkeiten geben. Da werden wir uns also nicht dem Picknick anschließen. Aber, liebe Ellen, lieber Roland, wenn Ihr Euer Auto wieder zurückhabt, dann kommt bitte bei uns vorbei. Wir würden Euch gerne einiges von Rouen zeigen."

Auch die Rotenfels bedankten sich für die Einladung. Aber Frau Rotenfels wollte sich gerne einfach in den Garten setzen und nur etwas zur Ruhe kommen.

18

Gemeinsam trat man den Rückweg zum Hotel an, um sich hier voneinander zu verabschieden.

Ellen und Roland erhielten an der Rezeption den Schlüssel für den Leihwagen, der wie abgesprochen am Mittag geliefert worden war.

„Ellen, möchtest Du gerne nach Yvetot fahren? Soweit ich sehe, ist das Auto betankt. Wir könnten sofort los oder erst noch einen Kaffee?"

„Lass uns bitte fahren. Aber ich glaube, es wäre besser, wenn Du fährst. Wir sind ungestört und ich kann mit Dir meine Gedanken teilen. Es geht mir einfach zu viel im Kopf herum. Ich benötige nichts mehr aus dem Zimmer. Musst Du noch etwas holen?"

Roland verneinte und so gingen sie zum Auto.

Wenig später fuhren sie gemächlich über die Landstraße in Richtung Yvetot.

„Nun, *Miss Marpel*, was bitte geht in Deinem klugen Kopf herum. Teile es bitte mit mir. Du bist nicht wirklich glücklich, von den Ermittlungen ausgeschlossen zu sein?"

„Ja *Mister Stringer*, ich habe da meine Zweifel, was die Rolle von Jens Rotenfels betrifft, habe ich auch schon laut gesagt. Für mich ist und bleibt er nur ein Zufallsopfer. Er wurde entführt. So viel steht fest. Aber er ist an einem Zuckerschock gestorben. Keine Gewalteinwirkung. Warum wurde er entführt? Wer sollte eigentlich entführt werden? Und wieso hat man ihn verwechselt?"

„Ich mache Dir einen Vorschlag. Wir sehen uns die Rundkirche in Yvetot an. Danach trinken wir einen Kaffee und entscheiden uns ganz spontan, was wir weiter unternehmen. Dazu werden wir eine Karte der Gegend befragen. Kannst Du mal bitte nachsehen, ob wir eine schöne Karte der Region im Auto haben? Ansonsten wäre das nach dem Kirchenbesuch unsere erste gezielte Ermittlungsarbeit: Eine gute Karte kaufen."

Sie fuhren die nächsten Kilometer schweigend weiter auf der hügeligen Straße und genossen, jeder seinen Gedanken nachhängend, die vorbeigleitende Landschaft. Sie passierten die Kreuzung mit der D 926, als Ellen einen Wegweiser nach „Chêne-chapelle" sah. Sie bat Roland dorthin abzubiegen. Ellen hatte bei den Reisevorbereitungen schon sehr viel über diese älteste Eiche Frankreichs gelesen. Man schätzte die Stieleiche auf 800 bis 1200 Jahre. In ihrem Stamm ist eine Mini-Kapelle untergebracht, die nur zwei Menschen Platz bietet. Natürlich stand dieser Ort ebenfalls auf Ellens Liste, die sie für diese Ferien erstellt hatte. Es war eine gute Gelegenheit, ihn gleich heute zu besuchen. Ein bisschen ganz normale Entdeckerfreude konnte nicht schaden.

Schon bog Roland in die D 33 ein. Ab hier konnte man den Weg gar nicht verfehlen. Überall waren kleine Schilder am Wegesrand angebracht. Schließlich standen sie vor der Eiche oder besser gesagt, vor dem mit Holzschindeln belegten Stamm. Roland stellte das Auto auf einem gekennzeichneten Parkplatz ab und zu Fuß gingen sie die wenigen Meter, bis sie direkt vor der Wendeltreppe standen, die nach oben in die Spitze führte. Hier war eine Miniaturwohnung für einen Eremiten untergebracht. Roland war nicht mehr zu halten. Er dokumentierte mit der Kamera jedes noch so winzige Detail.

„Wie hast Du dieses Kleinod denn wieder gefunden? Ich wusste gar nicht, dass so etwas besteht!"

„Nun, Du kennst mich. Ich lese mich immer in die Gegend und ihre Besonderheiten ein. Dabei stolperte ich über diesen Ort und habe ihn gleich auf unsere Besichtigungsliste gesetzt. Aber ich muss schon sagen, ich hatte nur Bilder eines kahlen Baumes gesehen. Diese seitliche Laubkrone, aus den restlichen unteren Ästen gebildet, ist überwältigend. Lass uns bitte nach oben steigen."

Sie betraten den winzigen, mit einem niedrigen Zaun von der Straße abgetrennten Garten und begaben sich auf der knarrenden Holztreppe nach oben. Ellen betrat als erste den kleinen Raum. Roland quetschte sich ganz vorsichtig auch noch hinein.

„Ja, hier sollte sich wirklich nur eine Person aufhalten. Dick darf man auch nicht sein, sonst bekommt man Platzangst. Ups, das ist nun nach heutigen Maßstäben nicht korrekt ausgedrückt. Also eine üppige Person ... Nein, es wird nicht besser!

Gut, das ist also einer der wichtigen Pilgerorte hier in der Normandie? Was denkst Du, was sich hier am 15. August, dem Himmelfahrtstag der Jungfrau Maria, abspielt?"

Genau in diesem Augenblick fuhr ein Bus auf den Parkplatz und spuckte eine Gruppe Touristen aus. Der Reiseführer schritt auf den Baum zu und Roland sah sich genötigt, ihm zuzurufen:

„Hier ist bereits besetzt! Bitte warten Sie, bis wir wieder unten sind. Danke."

In diesem Moment rief Ellen ganz aufgeregt aus:

„Roland, Jens Rotenfels war einen Tag vor seiner Entführung hier. Er hat etwas in das ausgelegte Gästebuch geschrieben. Hier steht:
- *Heilige Jungfrau, ich hoffe, die Vernunft der Menschen wird ausreichen. Mache ihnen bitte bewusst, dass das Vornehmen auf sehr unsicherem Grund steht.* -

Was er wohl damit meinte?"

Sie tauschte, nachdem sie ein Foto mit ihrem Handy von dieser Eintragung gemacht hatte, mit Roland die Plätze, um ihm die Gelegenheit zu geben, selbst den Satz zu lesen. Anschließend stiegen sie hinunter, um der Reisegruppe Platz zu machen.

„Schau, dort die Straße runter ist ein kleines Café. Lass uns dort einen Kaffee trinken und diesen Eintrag nochmals in Ruhe lesen. Es hat etwas zu bedeuten. Das sollten wir in unsere Überlegungen bitte mit einfließen lassen."

Roland hatte Recht. Man schrieb solch eine Bitte nicht ohne Grund, oder sollte man mutmaßen, voller Sorge in ein Anliegenbuch an einem heiligen Ort. Sie teilte diesen Gedanken mit Roland, nachdem sie Platz genommen und Kaffee bestellt hatten.

Als die Bedienung mit dem Kaffee kam, wandte sich Roland an sie:

„Sagen Sie uns, bitte, kommen jetzt schon sehr viele Touristen hier hin?"

„Nun, es sind im Augenblick mehr einzelne Personen. Aber heute kam doch schon der erste Bus. Ich denke, das liegt an den kommenden Marienfeiertagen."

„Und jeder kann sein Gedanken, Sorgen und Bitten in das ausgelegte Buch schreiben?"

„Oh ja, das tun sehr viele. Es heißt, dass diese Dinge sehr gut bei Maria aufgehoben sind. Vieles wendet sich zum Guten. Wenn auch eventuell nicht ganz so, wie man gedacht hat. Es ist ein heiliges Buch, müssen Sie wissen."

„Wird das Buch am Abend aus dem Zimmer genommen und irgendwo aufbewahrt, wo es doch für die Besucher von Bedeutung ist?"

„Nein, es bleibt dort liegen. Das wird von niemand weggenommen. Der Pfarrer hier aus dem Ort schaut immer mal wieder nach und legt ein neues Buch aus, wenn das alte voll ist."

„Faszinierend. Kann man sich auch an den Pfarrer wenden, wenn man Sorgen hat?"

„Oh ja, aber natürlich. Er ist meist im Pfarrhaus zu erreichen. Ich hoffe, Ihnen geht es gut und Sie benötigen nicht seinen Beistand. Aber wenn es doch so sein sollte, dann gehen Sie bitte in die Kirche, direkt gegenüber von dem Baum. Unser Pfarrer müsste nun dort sein, ansonsten, wie schon gesagt, im Pfarrhaus.

Darf ich Ihnen sonst noch etwas bringen? Wir haben gerade unseren Apfelkuchen aus dem Ofen genommen."

Roland sah Ellen lange an. Er bedankte sich bei der netten Bedienung, orderte zwei Stück Kuchen und wartete, bis die Bedienung gegangen war.

„Ich denke, unsere Sorgen wiegen schwer genug, um den Pfarrer aufzusuchen. Wir sollten einfach mit ihm über Jens Rotenfels und seinen Eintrag reden. Eventuell kann er sich sogar an Rotenfels erinnern und wir schicken ihm dann einfach zum Trost Frau Rotenfels vorbei. Es würde ihr sicher guttun. Vielleicht hat sie danach sogar eine Ahnung, was Rotenfels hier gemacht haben könnte."

„Das ist eine sehr gute Idee, Roland. Aber erst werden wir in aller Ruhe den Kuchen genießen."

19

Der Apfelkuchen war ein Gedicht. Auf einem zarten Sablé-Boden war eine Schicht feiner Pistazien aufgebracht und darüber Apfelstückchen in Calvados-Gelee. Das Ganze wurde von einer Haube aus Crème Double gekrönt, in die zusätzlich kleine Schokoladenstückchen verarbeitet worden waren.

Nach diesem Genuss sahen sich Ellen und Roland gestärkt, um ein Gespräch mit dem Pfarrer anzugehen. Sie gingen zurück zum Baum, der noch immer von den Touristen aus dem Bus belagert wurde und betraten dann die gegenüberliegende Kirche.

Nach dem Trubel auf dem heißen, sonnendurchfluteten Platz empfing sie eine kühle Dämmerung in dem ruhigen Kirchenschiff. Man fühlte sich sofort gut aufgehoben. Etwas weiter vorne, mit dem Sortieren von den ausgelegten Gebetbüchern beschäftigt, stand mit dem Rücken zu ihnen ein Hüne von einem Mann im schwarzen Gewand eines Priesters. Langsam gingen Roland und Ellen zu ihm hin. Er drehte sich lächeln um, als sie bei ihm angekommen waren.

„Was kann ich für Sie tun? Ich bin Abbe Martin"

Seine Stimme war warm und er hatte einen schweren provenzalischen Tonfall. Ellen wusste nicht, warum, aber sie fasste sofort Vertrauen zu ihm.

„Gott segne Sie, Herr Pfarrer. Wir sind aus Deutschland und verbringen hier unseren Urlaub. Nun hat uns am Freitag eine Autopanne gezwungen, in Bolbec einige Tage eine Pause einzulegen. Da wir heute ein Ersatzauto bekommen haben, sind wir aufgebrochen, um einige Besonderheiten rund um

Bolbec zu besichtigen. Wir haben uns Ihren Baum angeschaut und fanden im Anliegenbuch den Eintrag einer uns bekannten Person, die leider vor wenigen Tagen verstorben ist. Darüber möchten wir gerne mit Ihnen sprechen. Wäre das möglich?"

Der Priester schaute die beiden Fremden sehr lange an.

„Nun meine Kinder, Sie sind also in Trauer um einen Freund. Es ist gut, darüber zu reden. Ich denke, wir gehen rüber zum Pfarrhaus in den Garten. Dort sind wir ungestört."

Damit wandte er sich um und ging schnellen Schrittes auf die nächstgelegene Tür zu. Dieses Seitenportal führte direkt über einen Kiesweg zu einem kleinen Haus, das von einem verträumten Garten umgeben war. Er öffnete eine kleine Pforte und bat sie, hinein zu gehen.

„Gehen Sie vor an den Tisch am großen Baum dort hinten. Ich will nur rasch etwas Wasser und Gläser holen. Es spricht sich dann leichter. Laufen Sie bitte nicht weg."

Bei den letzten Worten lächelte er sie beide an und ging dann wieder schnellen Schrittes zum Haus. Ellen und Roland begaben sich zum angewiesenen Baum, unter dem ein einfacher Holztisch stand und einige Gartenstühle. Es war ein sehr anheimelnder Fleck, der hier für die Besucher bereitstand. Schon stand der Priester mit einem Tablett wieder vor ihnen.

„Trinken Sie einen Schluck, dann spricht es sich leichter."

Ellen trank aus dem angebotenen Glas und begann:

„Es ist etwas kompliziert. Eigentlich kennen wir den Mann nicht persönlich. Ich habe ihn vielmehr per Zufall gefunden, tot! Sie haben gewiss auch von der vermissten, entführten Person gehört. Es war ein Landsmann, ein Atomphysiker aus Frankfurt, der sich nach Yvetot zurückgezogen hatte. Er wurde dann …".

„Ich kenne die Geschichte", unterbrach der Priester Ellen, „darf ich unterstellen, dass Sie die Touristen aus der Zeitung sind, die den Leichnam gefunden haben? Und nun finden Sie heute hier eine Nachricht in unserem Anliegenbuch! Oh ja, das muss alles sehr verstörend für Sie sein. Wie kann ich Ihnen konkret helfen?"

Roland übernahm das Gespräch.

„Meine Frau hat ihre eigene Meinung zu den Umständen der Ablage der Leiche, was die Stelle betrifft. Es beschäftigt sie sehr, denn der Tote befand sich unter Schutt verborgen in einer alten Fabrikhalle. Für sie hat es gewirkt, als wäre der Tote, nun sagen wir es mal ganz deutlich, weggeworfen worden. Ganz so, als wäre er die falsche Person. Seine Gattin, wir haben sie inzwischen kennengelernt, da sie im gleichen Hotel wie wir logiert, kann sich gar nicht erklären, warum er eigentlich hier in Yvetot war. Die einzige Logik wäre für sie, wenn er sein neues Fachbuch hier beenden wollte. Aber sie weiß nicht, worüber er gerade schrieb. Sie kannte ein Projekt von ihm, da ging es um die Atomkraft und die Umweltschäden. Wir hatten natürlich auch Kontakt mit der zuständigen Polizei. Haben inzwischen auch einige weiterführende Hinweise geben können, die aber mehr zu verwirren scheinen, als zielgerichtet sind. Zudem wurden wir vom mutmaßlichen Täter verfolgt, ja mehr noch, er hat auch versucht, unsere Kamera zu rauben. Das aber macht nur Sinn, wenn er unterstellt, dass die Polizei noch nicht die Fotos kennt, auf denen er zu sehen ist."

„Um unser Anliegen deutlich zu formulieren: Wir werden ungewollt in ein Verbrechen hinein gezogen. Jetzt versuchen wir den Menschen Jens Rotenfels kennenzulernen. Denn vielleicht wurde er nicht ermordet, er wurde entführt und verstarb an einem Zuckerschock. War er dann nur ein Zufallsopfer? Vermutet man das, was man bei ihm gesucht hat, bei uns? Und nun finden wir wieder ganz zufällig hier seinen Eintrag. Bitte schauen Sie sich diesen Eintrag an und sagen Sie uns, haben Sie mit Jens Rotenfels am Tag vor seiner Entführung eventuell sogar geredet?"

Ellen schob dem Priester das Bild des Eintrages zu. Er beugte sich über das Foto und strich sich langsam über das Kinn. Dann setzte er sich im Stuhl zurück und schloss die Augen.

„Ja, ich erinnere mich. Er war ein sehr besonnener Mensch, sehr intelligent und sehr um die Umwelt und unseren Umgang damit besorgt. Das lesen Sie auch ganz deutlich aus seinen Worten heraus. Und nun diese Tragik. Denn, da muss ich Ihnen völlig Recht geben, es macht alles überhaupt keinen Sinn. Soweit ich ihn verstanden habe, war er hier, weil man ihn gebeten hatte, sich mit dem instabilen Untergrund und der Belastung bei einer eventuellen Erweiterung der Kernkraftanlage von Paluel zu befassen. Es fiel wohl in seinen Aufgabenbereich. Wir sprachen über das Unglück in Fukushima, das durch eine Naturkatastrophe ausgelöst worden war. Er war sehr erschüttert über dieses Ereignis, das durch seine Wucht eine vermeintlich kontrollierbare Kraft außer Kontrolle gebracht hatte. Somit ergibt der Satz für mich Sinn:

„Mache ihnen bitte bewusst, dass das Vornehmen auf sehr unsicherem Grund steht."

Wenn seine Frau wusste, dass er sich in seinem Buch, also neuem Buch, auch mit diesem Thema befasste, dann war er sicher die angewiesene Person, um als Berater zu fungieren. Aber, und das ist mein ganz persönliches Fazit, war er gar nicht für eine Entscheidung hier. Er war nur ein neutraler

Berater. Zudem weiß ich, dass er im Begriff stand, seine Arbeit gerade abzuschließen. Er wollte pünktlich zum Geburtstag seiner Tochter zurück in Frankfurt sein. Er sprach sehr liebevoll von seiner Familie."

„Ja, er hatte sogar direkt in dem Augenblick, als er entführt wurde, das Geburtstagsgeschenk für seine Tochter in Cany-Barville abgeholt."

„Gottes Wege sind unergründlich. Für uns sind derzeit nur der Schreck, das Entsetzen erkenntlich, nicht aber das Warum. Auch wenn das, was ich sage, nun sehr komisch klingen mag, ich bin davon überzeugt, Gott hat Sie nicht versehentlich den Leichnam finden lassen. Es hat seine Bedeutung. Zweifeln Sie bitte nicht."

Damit ließ sich der Priester zurück in den Stuhl fallen und schloss wieder die Augen. Dann straffte er sich, griff zum Wasser und trank mit einem langen, tiefen Schluck das Glas leer.

„Darf ich Sie nun meinerseits um einen Gefallen bitten? Würden Sie bitte Frau Rotenfels zu mir hier nach *„Chêne-chapelle"* bitten. Ich würde gerne mit ihr und dem Bruder des Toten reden. Ich möchte mit ihnen den Schreck teilen. Mehr kann ich nicht tun, aber das würde ich gerne machen."

Ellen und Roland versprachen diese Bitte Frau Rotenfels vorzulegen. Danach bedankten sie sich bei dem Priester für seine Hilfe. Denn auch wenn er nicht viel wusste, er hatte in Ellens Gedankenwelt eine weitere Tür geöffnet.

„Übrigens, ich würde Ihnen beiden empfehlen, nach Paluel zu fahren und im Besucherzentrum eine Führung mitzumachen. Ich glaube, es könnte Ihnen helfen zu verstehen. Und das möchten Sie doch. Auf Wiedersehen meine Lieben. Möge Gott Ihre Wege begleiten."

20

Ellen und Roland liefen schweigend zum Parkplatz zurück. Als sie wieder im Auto saßen, fragte Roland:

„Ellen, möchtest Du jetzt noch nach Yvetot? Oder glaubst Du, dass sich dieser Besuch erledigt hat?"

„Lass uns nach Yvetot fahren und die Rundkirche besichtigen. Danach sollten wir unseren Einkauf für das geplante Picknick machen. Ich möchte all das Erfahrene auf dem Hügel mit Blick über Bolbec und seine Täler sortieren und verarbeiten. Zudem wäre es mir sehr lieb, vorher noch Frau Rotenfels von der Bitte eines Besuchs bei Abbe Martin zu erzählen. Es muss so schwer für sie sein. Ich hoffe ihr und seinem Bruder damit etwas Trost zu spenden."

Sie setzten also ihren Weg nach Yvetot fort und besichtigten die berühmte Rundkirche, die zwischen 1951 und 1956 erbaut wurde, mit den imposanten Bleiglasfenstern, die ebenfalls in den 50er-Jahren entstanden sind und das Leben der normannischen Heiligen darstellen. Roland frönte wieder seiner Leidenschaft und legte viele Details dieser Kirche fotografisch fest. Danach bummelten sie entspannt durch die Einkaufsstraßen von Yvetot und besorgten ganz nebenbei in den kleinen, einladenden Läden die Zutaten für ihr bevorstehendes Picknick. Fröhlich machten sie sich danach auf den Weg zurück nach Bolbec. Sie hatten es geschafft, die letzten Stunden ganz entspannt zu genießen.

Ihre Fahrt wurde durch einen Anruf der Garage unterbrochen. Zum großen Bedauern des Besitzers musste mitteilen werden, dass das Ersatzteil zwar eingetroffen sei, aber erst kurz vor

Feierabend und damit zu rechen sei, dass die Reparatur doch noch gut zwei Tage dauern würde. ER entschuldigte sich für diese Unannehmlichkeit, erkundigte sich, ob denn ein Leihwagen zur Verfügung stände. Als sie es bejahten, kam die Nachfrage, ob man denn einen kleinen Tipp für einen Ausflug am nächsten Tag geben dürfe. Es gäbe da einen der ältesten, nein den ältesten Baum von Frankreich, ganz in der Nähe. Da Ellen das Telefonat angenommen hatte, dankte sie für diesen Tipp. Aber, erwiderte sie lachend, bereits heute hätten sie diesen Baum besichtigt und befänden sich gerade auf dem Heimweg nach Bolbec. Man würde also spätestens am Mittwoch wieder voneinander hören.

Gut gelaunt kamen sie im Hotel an.

„Bonsoir, Madame, Monsieur, hatten Sie einen schönen Tag? Zu meinem Entsetzen musste ich erfahren, dass Sie die Leiche von Herrn Rotenfels gefunden haben. Es gab heute einen kleinen Zwischenfall hier im Haus und ich musste eingeweiht werden. Glücklicherweise war die junge Gendarmin sehr auf Zack. Sie hat Schlimmeres verhindert. Dabei hat sie mir dann erzählt, dass sie nicht nur die Rotenfels beschützt, nein, auch Sie ständen unter ihrem Schutz. Mon dieu, welch eine Geschichte.“

„Hat denn Frau Rotenfels oder der Bruder vom Opfer Kenntnis von unserer Rolle im Drama genommen?“

„Oh nein, ich bin zum absoluten Schweigen verpflichtet worden. Noch nicht einmal unsere Angestellten wissen das. Und machen Sie sich keine Sorgen, das wird auch so bleiben.“

„Was ist denn eigentlich passiert? Was meinten Sie mit kleinem Zwischenfall?“

„Nun, die Polizistin hatte den Eindruck, als wäre jemand auf dem Weg zu Ihrem Zimmer. Ein Mann mittleren Alters hat sich bei mir hier an der Rezeption erkundigt, ob er rasch zu Ihnen aufs Zimmer könne, er müsse mit Ihnen reden. Ich sagte ihm, dass Sie leider nicht im Haus seien. Er schien zufrieden, aber keine zwei Minuten später war plötzlich lautes Rufen von oben zu hören. Er war scheinbar vor Ihrer Tür. Danach kamen sehr diskret weitere Beamte und stellten fest, dass kein Schaden an der Tür war."

„Hat sich denn der Mann vorgestellt, der zu uns wollte? War er auch ein deutscher Landsmann?"

„Oh nein, er war Franzose. Wie er mir sagte, wäre er ein ganz alter Freund, hätte mit Ihnen Madame zusammen gearbeitet und wollte Sie besuchen. Aber Ihre Freunde, unsere Frau Doktor und ihr Mann, sind ja bereits abgereist. Das habe ich auch Capitaine Rober gesagt. Er hat mir auch ein Foto gezeigt. Ich habe den Besucher, da bin ich ganz sicher, auf dem etwas unscharfen Foto erkannt. Danach hat der Capitaine versucht, Sie per Handy zu erreichen, aber das hat nicht geklappt."

Roland zog sein Handy aus der Tasche.

„Stimmt. Ich hatte es ausgeschaltet. Wir haben uns zuerst „Chêne-chapelle" angesehen und anschließend ein wundervolles Gespräch mit dem Priester Abbe Martin gehabt. Ich wollte nicht gestört werden. Nun, dann werde ich das Handy mal ganz schnell wieder einschalten."

Roland fragte Ellen, ob sie denn auch ihr Handy ausgeschaltet hätte.

„Nein, es war einfach nur auf stumm geschaltet. Und schau mal, auch bei mir sind vier Anrufe eingegangen. Einer ist von Giselle. Sie werden doch nicht Emile versucht haben zu erreichen?"

Während sie noch über ihr auf stumm geschaltetes Handy mit Madame Lorote redeten, kam die junge Gendarmin zu ihnen an die Rezeption.

„Madame und Monsieur Kaiser? Ich darf mich Ihnen vorstellen, mein Name ist Geraldine Meuser. Wie Sie sicher gehört haben, gab es heute Nachmittag einen kleinen Zwischenfall, den ich zu verhindern wusste. Wir konnten Sie leider nicht erreichen. Nun, da Sie wieder wohlbehalten vor Ort sind, werde ich Commissaire Champignon einen kleinen Bericht schicken. Er wird sich dann mit Ihnen in Verbindung setzen. Darf ich Sie um absolute Diskretion bitten?"

„Sie dürfen und schön, dass wir Sie jetzt auch persönlich kennenlernen. Wir hatten heute Vormittag bereits von Commissaire Champignon erfahren, dass sie vor Ort die Stellung halten. Danke für Ihre gute Arbeit."

Nach diesen Worten von Roland lief die junge Polizistin vor Stolz rot an. Sie wurde scheinbar nicht sehr oft für ihren Einsatz gelobt. Mehr konnte nicht gesagt werden, denn Babette Rotenfels betrat vom Garten aus die Lobby.

„Wie schön Sie zu sehen. Ich habe mich etwas ausgeruht und gerade zu meinem Schwager gesagt, es wäre doch ganz nett, auf Ihr Angebot einzugehen und mit Ihnen das Picknick zu genießen. Steht Ihr Angebot denn noch?"

„Siehst Du Roland, wir haben nicht zu viel eingekauft. Wir würden uns freuen, wenn Sie uns begleiten. Es gibt da etwas, das wir gerne mit Ihnen besprechen würden."

Bevor Ellen weiter reden konnte, läutete sowohl ihr Telefon als auch das von Roland. Mit einem Blick auf die Nummer stellte Ellen fest, Giselle war am Apparat.

„Entschuldigen Sie bitte, da muss ich rangehen."

Hallo Giselle, schön von Dir zu hören. Du hast bereits versucht, mich zu erreichen?"

Am anderen Telefon hörte sie Roland Commissaire Champignon begrüßen.

„Sag mal, kann man Euch eigentlich noch alleine lassen? Ihr beschäftigt ja ganz schön die Polizei in Bolbec. Hast Du Visionen oder warum wusstest Du bereits heute Morgen auf dem Präsidium, dass dieser Mensch wahrhaftig Euer Hotel besuchen würde, um in Euer Zimmer zu gelangen? Ich habe zu Emile gesagt, wir sollten direkt zurück nach Bolbec fahren und Euch zum Picknick begleiten. Man kann Euch nicht ganz alleine durch das Treppengewirr auf den Berg schicken. Zumal der Typ ja bereits einmal versucht hat, Euch zu folgen. Und ja, bevor Du fragst, Du hast mir einen riesen Schrecken eingejagt, als wir Euch nicht erreichen konnten."

„Wir haben soeben erfahren, dass uns die Rotenfels Gesellschaft leisten werden. Wir kennen den Weg ja bereits und somit wird keine Gefahr eines Verlaufens bestehen. Ich danke Dir für Deine Fürsorge, aber es ist wirklich nicht nötig, dass Ihr zurückkommt. Falls es Dich beruhigt, kann ich mich nach unserer Rückkehr gerne bei Dir vom Hotel aus melden. Genieße den Abend und liebe Grüße an Emile."

Ellen beendete das Gespräch. Auch bei Roland schien das Gespräch fertig zu sein.

„Ich denke, es wird ein lustiges Picknick, liebe Ellen, uns wird auch Claude begleiten. Man besteht darauf. Reichen unsere Vorräte denn dann wirklich?"

„JA, mein Göttergatte. Giselle und Emile wollten uns auch Gesellschaft leisten. Das habe ich aber gerade noch abgebogen. Nur weil ich versprach, mich heute Abend noch kurz zu melden. Wie es scheint, verspüren gerade einige liebe

Menschen den Wunsch, mit uns die wundervolle Aussicht an einem lauen Abend zu genießen."

Ellen hoffte inständig, dass Roland vor all diesen neugierigen Ohren nicht verriet, was eigentlich gerade geschehen war. Aber wie konnte man denn öffentlich erklären, dass das Picknick nun unter Polizeischutz stattfinden würde. Für Ellens Geschmack war die ganze Vorsichtsmaßnahme einfach nur übertrieben. Allerdings waren sie noch nicht im Bilde, ob und was sich während ihrer Abwesenheit an neuen Erkenntnissen ergeben hatte. Sie hoffte, dass sie dazu in einer ruhigen Minute Claude auf den Zahn fühlen könnte.

Dann wandte sie sich an Frau Lorote:

„Madame Lorote, wir haben heute erfahren, dass unser Auto erst frühestens am Mittwoch wieder repariert sein wird. Die Ersatzteile kamen erst sehr spät in der Werkstatt an. Wäre es möglich, dass wir eventuell noch bis Donnerstag das Zimmer haben könnten? Wir fühlen uns hier sehr wohl."

„Mais ce n'est certainement pas une problème. Wir haben Sie doch sehr gerne als Gast in unserem Haus. Ich werde also das Zimmer für Sie weiter bereithalten. Und heute Abend, soll ich wieder einen Tisch für Sie im Restaurant reservieren? Allerdings wird das hier in Bolbec nicht ganz so einfach sein. Montag, Ruhetag, Sie verstehen?"

„Danke für Ihre Mühe, aber wir haben gerade gehört, dass sich unserem geplanten Picknick nun auch Frau und Herr Rotenfels und der Sohn unserer Freunde anschließen werden. Wir wollen gegenüber von Pierre's Bistro die Treppen nehmen und auf den Berg steigen."

Ellen hatte diese Information so laut zu Frau Lorote gesprochen, dass sie ganz sicher war, dass auch die

Gendarmin die Information gehört hatte. Die lächelte leise und bestätigte das sogar mit einem Nicken des Kopfes.

21

Nachdem sich Ellen und Roland auf ihr Zimmer begeben hatten, um sich noch vor dem Ausflug frisch zu machen, klopfte es an ihrer Zimmertür.

Ellen öffnete und blickte in die besorgten Augen von Claude.

„Bonsoir Ellen und Roland, darf ich kurz eintreten? Ich würde gerne vorab die Grüße meiner Eltern bestellen."

Damit stand er auch schon im Zimmer und wartete, bis Ellen die Tür geschlossen hatte.

„Danke, also, was macht Ihr denn? Keiner konnte Euch erreichen und hier brannte die Hütte. Deine Vorahnung, liebe Ellen, hat sich bestätigt. Der Kerl hat wirklich versucht, in Euer Zimmer zu gelangen. Das ist gar nicht gut. Ich musste Mama versprechen, Euch nicht mehr aus den Augen zu lassen. OK, hier bin ich. Was stellen wir also heute Abend an, damit Euch keiner ein Haar krümmen kann?"

„Ich habe schon mit Deiner Mutter gesprochen und sie beruhigt. Wir werden heute, so wie wir es geplant hatten, den Berg hinter dem Präsidium hochsteigen und dort zusammen mit den Rotenfels ein Picknick mit sensationellem Ausblick genießen. Eingekauft ist schon und Du wirst uns dabei begleiten. Vorab aber noch ganz kurz folgende Info. Wir haben uns heute „Chêne-chapelle" angesehen und dort im ausgelegten Anliegenbuch eine Bitte von Jens Rotenfels gelesen. Daraufhin hatten wir ein sehr informatives Gespräch mit Abbe Martin, dem zuständigen Pfarrer. Er hat sich mit Jens Rotenfels ausgiebig über seine Sorgen in Bezug auf die Umwelt und das AKW von Paluel unterhalten. Er war bereits mit seiner Arbeit, einem Gutachten zum Untergrund und der Umweltverträglichkeit fertig und fast schon auf dem Weg zurück nach Frankfurt, wo er zum Geburtstag seiner Tochter pünktlich eintreffen wollte. Ihr solltet Euch also auch mal mit dem Abbe unterhalten. Ach ja und noch etwas, was mich brennend interessiert. Frau Rotenfels erzählte heute Mittag, dass Jens an einem Zuckerschock gestorben sei. Stimmt das?"

Claude sah sie etwas irritiert an.

„Wir versuchen gerade seine Tage hier zu rekonstruieren und Ihr beiden besichtigt die Umgebung und erfahrt mehr als wir mit unserer intensiven Recherche. An Dir ist wirklich ein Fallanalytiker verloren gegangen. Aber das hast Du nicht von mir und das ich so etwas sagen darf Commissaire Champignon nicht hören. OK, Jens ist tatsächlich an einem Zuckerschock gestorben. Nein, er hatte kein Diabetes. Wir haben aber eine Einstichstelle gefunden. Eine gezielt zu hohe Dosis Insulin mit Betäubungsmittel versetzt, hat die Obduktion ergeben. Diesen Befund haben wir auch den Rotenfels mitgeteilt. Aber ansonsten keine Gewaltanwendung. Wir denken zurzeit, er muss entweder direkt zum Fundort gebracht, also noch im Auto bereits als die falsche Person erkannt worden sein oder aber er wurde bewusstlos abgelegt und ist dort verstorben. Dazu müssten wir aber erst den Mörder kennen, um das zu klären. In der Kapelle haben wir leider keinerlei DNA von ihm gefunden. Auch das habt Ihr nicht von mir. Sonst noch Fragen?"

„Ja, aber damit Du nicht in Schwierigkeiten kommst, frage ich das ganz einfach nachher Frau Rotenfels. Wenn Du dann eventuell später, die durch die Familie Rotenfels nicht beantworteten Fragen beantworten könntest, wären wir Dir sehr dankbar. So, wir machen uns rasch fertig und kommen dann runter in die Lobby. Sage also dem Commissaire, was wir vorhaben und wo wir ALLE zu finden sind."

Damit schob Ellen Claude aus dem Zimmer.

Keine zehn Minuten später trafen sich alle in der Lobby des Hotels. Wobei Ellen aus den Augenwinkeln sah, dass die Rotenfels einen Beutel mit Baguette und Wein mitnahmen. Aber auch Claude trug eine Tasche mit sich. Konnte jedoch sein, dass er darin ganz unauffällig seine Schusswaffe transportierte.

Mit lieben Wünschen, dass sie einen angenehmen Abend erleben sollten, verabschiedete sie Frau Lorote und auch die Gendarmin winkte, so wie es schien, ihnen nach. Ellen war es jedoch nicht entgangen, welchen Blick sie dabei Claude zuwarf.

Langsam lief die Gruppe im noch immer sehr warmen Abend zum Polizeipräsidium. Da beschlossen sie die Idee von Claude aufzunehmen und noch kurz bei Pierre einzukehren. Weder Ellen noch Roland verwunderte es, dass Claude sich den Platz auf der Terrasse aussuchte, von dem er auf die gesamte Straße in beide Richtungen sehen konnte. Seine Augen schienen jeden Meter und jeden Schatten zu scannen. Er hatte wirklich eine besondere Gabe, den Überblick zu bewahren. Nicht nur auf dem Fußballplatz.

Als Pierre aus dem Bistro zu ihnen kam, begrüßte er Claude herzlich, erblickte dann Ellen und Ronald, um auch sie wie alte Stammgäste mit einem Küsschen auf die Wange zu beglücken. Nachdem er die Bestellungen aufgenommen hatte, war er schon fast wieder auf dem Weg zurück, als er sich auch an die Rotenfels erinnerte.

„Nein, Madame und Monsieur, ich war nur einen kurzen Augenblick irritiert. Aber natürlich sind auch Sie wieder herzlich willkommen. Wir hatten ja heute Vormittag schon das Vergnügen."

Pierre hatte also ebenfalls eine exzellente Beobachtungsgabe, stellte Ellen fest. Das konnte sie doch ausnutzen.

„Sag mal, Pierre, hast Du dieses Individuum von gestern, der es auf unsere Kamera abgesehen hatte, noch einmal zu Gesicht bekommen?"

„Oh no, der traut sich sicher nicht noch mal hierher, um so ein Ding abzuziehen. Der weiß jetzt, dass er so etwas hier nicht machen kann. Wo bitte kommen wir denn dahin. Nein, an meinen Gästen vergreift sich keiner."

Damit ging er zurück, um sich um die Bestellung zu kümmern. Claude sah Ellen lange an und grinste dann. Als die Getränke kamen, nahm er sein Glas und stand auf.

„Sehr gut, dass Pierre seine Gäste so vortrefflich behandelt. Auf den wundervollen Patron dieses Etablissement. Salute Pierre!"

Alle stießen darauf an und Ellen erzählte Babette und Daniel Rotenfels lachend, um die Situation für die beiden verständlich zu machen, wie ein unverschämter Gast sich durch seinen Versuch, ihre Kamera zu stibitzen, die Wut von Wirt und Gästen auf sich gezogen und beinahe mit einer Abreibung bezahlt hätte. Bei dieser schwammigen Erklärung beließ sie es.

Danach liefen sie über die Straße und begannen mit dem Aufstieg. Abwechselnd trugen die Männer die beiden Taschen mit den Picknickutensilien. Nur Claude weigerte sich standhaft, seine Tasche abzugeben. Ellen sah Roland grinsend an. Ein leichtes Kopfnicken seinerseits zeigte ihr, er hatte begriffen, was sich höchstwahrscheinlich in der Tasche befand.

Sie kamen wieder an dem wunderschönen Garten vorbei, in dem die Dame heute mit dem Gießen ihrer Blumen beschäftigt war.

„Ah bonsoir Madame, schön Sie wieder zu sehen. Wir sind auf dem Weg zum Plateau. Die von Ihnen bereits angepriesene Aussicht hat uns veranlasst, die Bänke zu nutzen und ein Picknick mit unseren Bekannten zu genießen. Hoffe doch nicht, dass bereits andere auf die gleiche Idee gekommen sind?"

„Bonsoir, Mesdames et Messieurs, nein Madame, heute ist es sehr ruhig hier. Es ist halt Montag. Da haben ja selbst die Restaurants geschlossen. Welch gute Idee von Ihnen. Ich sollte das auch mal wieder mit der Familie machen. Noch dazu bei diesem schönen Wetter. Genießen Sie den Sonnenuntergang und bon appétit."

Claude schaute Ellen mit großen Augen an. Dann murmelte er zu ihr gewandt

„OK, so erfährt man wirklich ganz ungezwungen, was sich auf dieser Seite der Treppe tut. Chapeau."

Ohne weitere Zwischenfälle ging es bis nach oben. Zur Sicherheit nahm aber Claude, wie es schien, auf jedem Absatz kurz die Zeit um Luft zu schnappen. Dabei wanderten seine Augen konzentriert und schnell über Treppen und Wände.

Oben angekommen packten sie gemeinsam die mitgebrachten wundervollen Dinge auf den Tisch. Ellen hatte, wie bereits mit Roland besprochen, auch Besteck, Servierten und Becher besorgt und keine fünf Minuten später prosteten sich alle zu.

Babette Rotenfels ging langsam an den Rand des Plateaus und schaute ins Tal hinunter. Vorsichtig folgte ihr Ellen.

„Wie schön es hier ist. Jens hätte das unglaublich genossen. Der Blick, so weit über die Hügel, hinunter ins Tal. Danke, dass Sie uns in dieser schweren Zeit nicht vergessen lassen, dass die Welt sehr schön ist."

„In der Tat, das ist sie. Roland und ich haben heute Nachmittag einen Ausflug in die Umgebung gemacht. Hier gibt es die älteste Eiche Frankreichs. Wussten Sie das? Rund tausend Jahre alt. Man hat in seinem Stamm eine Kapelle untergebracht, in der ein Anliegenbuch für Besucher bereit liegt. Darin haben wir einen Gedanken Ihres Mannes gefunden. Wir sind auch zum zuständigen Priester, ein Abbe Martin, in die Kirche gegangen. Er hat am Tag vor der Entführung mit Ihrem Mann gesprochen. Der wollte unbedingt am nächsten Tag pünktlich zum Geburtstag Ihrer Tochter aufbrechen. Abbe Martin hat uns gebeten, Sie und Ihren Schwager zu fragen, zu ihm zu kommen. Er möchte gerne mit Ihnen über das Treffen reden. Denken Sie bitte darüber nach."

Ellen merkte an der Reaktion von Frau Rotenfels, dass sie ihr nun Ruhe gönnen sollte. Sie ging langsam zum Tisch zurück und nahm sich etwas von all den Köstlichkeiten. Frau Rotenfels folgte ihr nach einiger Zeit. Sie hatte sich wieder gefangen. Wenig später waren alle am Tisch in Schweigen versunken, denn die Sonne begann blutrot zu werden und ihnen ein unbezahlbares Spektakel des Sonnenuntergangs zu bieten. Ellen kuschelte sich mit einem leichten Seufzer in die Arme von Roland. An seinem Druck spürte sie, auch für ihn war gerade die Welt in Ordnung.

Später, sehr viel später, machten sie sich an den Abstieg auf der anderen Seite und kamen, wie bereits am Sonntagnachmittag wieder zurück auf dem Platz vor der Kirche an. Claude verabschiedete sich, nicht ohne vorher Ellen daran zu erinnern, den Anruf bei seiner Mutter ja nicht zu vergessen, wenn sie im Hotel ankamen. Er wollte nicht nochmals seine Mutter in Sorge wissen.

22

Am nächsten Morgen war Ellen sehr früh auf. Nachdem sie sich gewaschen und angezogen hatte, drückte sie Roland einen Kuss auf die Wange. Langsam kam er aus seinen Träumen zurück in die Wirklichkeit.

„Welch ein Abend. Wundervoll! Aber bitte sage mir, was hat Dich aus dem Bett getrieben? Ich unterstelle, dass Du alleine in den Garten zum Frühstück gehen willst, weil Dich ein Gedanke beschäftigt. Geh also ruhig nach unten. Du brauchst nicht zu warten, ich komme gleich nach."

Roland drehte sich um und tat, als wäre er schon wieder eingeschlafen. Ein kleines Spiel, das sie öfter spielten, um dem anderen zu zeigen, dass man volles Verständnis für den Augenblick eines Bedürfnisses des Alleinseins und Nachdenkens hatte.

Ellen lief nach unten. Dort nahm sie sich eine Zeitung aus dem Ständer. Man konnte sich sehr gut dahinter verstecken und somit ungestört bleiben. Vorab orderte Ellen bei Isabelle Kaffee, Baguette, Croissants, Butter und Marmelade und suchte sich einen Platz, der viel Sicht auf den Garten bot, ohne gleich selbst gesehen zu werden und faltete die Zeitung auseinander.

Der Chefredakteur Rene Pelegin hatte es sich nicht nehmen lassen, einen großen Artikel voller Mutmaßungen zu schreiben. Für ihn war der Fall klar. Ein sehr bekannter Atomphysiker war Teil einer geheimen Entwicklung oder gar Erfindung. Er spekulierte über eine Erweiterung der „Zwillings" AKWs von Paluel und Penly wie bereits in

131

Flamanville geschehen. Diese sollten nun auch bei einem der beiden Atomkraftwerke verwirklicht werden. Aufgrund dieser Erfindung war er von entschiedenen Gegnern dieses Vorhabens entführt worden. Dabei wäre auch brutale Gewalt im Spiel gewesen, die ihm das Leben gekostet hätte. Daneben beschrieb er die trauernde und total schockierte Ehefrau und führte auch sehr ausführlich den verpassten Geburtstag der geliebten Tochter bei dieser „unglaublich terroristischen Barbarei" in aller Dramatik ins Feld.

Ellen war schockiert. Dieser Mann war ein Krieger mit der Feder, der sich die Story mit seinem Halbwissen aus den Fingern sog. Dann nahm sie das inzwischen servierte Croissant, stippte es in die Marmelade und dachte nach.

Ging es wirklich einfach nur um eine Erweiterung? Oder um doch um die Risiken für die Umwelt? Eigentlich ging es also um beides? Sie nahm das Handy vom Tisch auf und öffnete die Fotos. Sie las nochmals den von ihr abfotografierten Text:

- *Heilige Jungfrau, ich hoffe, die Vernunft der Menschen wird ausreichen. Mache ihnen bitte bewusst, dass das Vornehmen auf sehr unsicherem Grund steht.* -

Das waren seine eigenen Gedanken im Anliegenbuch.

Wobei niemand offiziell wusste, ob Jens Rotenfels überhaupt eine Erweiterung befürwortete. Aber es ging um eines der Kernkraftwerke. Was hatte noch mal der Abbe gesagt? Er war wegen Paluel vor Ort. Seine Befürchtungen wegen der instabilen Küste und der immer höherschlagenden Wellen durch die Klimaerwärmung. Darum musste es in seinem Gutachten gehen. Weiter, so überlegte sie, eventuell ein Appell, dass man diese Veränderung sehr ernst nehmen müsste, angesichts der Katastrophe von Fukushima.

Zugleich sah das Verbrechen für sie immer mehr wie eine sehr persönliche Abrechnung an einer ihr noch unbekannten Person aus. Was die Vermutung des Zufalls bestätigte und ein weiteres Opfer für sie umso wahrscheinlicher machte.

Es gab einen entscheidenden Vorfall bei der ganzen Sache, die sie noch gar nicht kannten. Das konnte leider auch durchaus privater Natur sein. Aber er war wichtig, ein Auslöser. Deshalb brauchte der Täter ein Sühneopfer. Das glaubte er in Jens Rotenfels gefunden zu haben.

Ellen fiel es wie Schuppen von den Augen. Ein Sühneopfer wurde „dargebracht", also öffentlich zur Schau gestellt. Auf einem Opfertisch in einer Kirche. In der *Chapelle Sainte-Anne*. Gleichzeitig sollte es aber „geheim" bleiben. Nur das eigentliche Opfer würde die Wiederherstellung der „Ordnung" erfahren. Der Täter war definitiv in seiner Trauer und Wut in einer psychotischen Phase. Er wähnte sich im Recht, so zu handeln. Aber durfte man von nur einem Täter ausgehen? Wie konnte eine einzelne Person das Opfer bewegen? Dazu musste man sehr kräftig sein! Ein Mensch, der im täglichen Leben gewohnt war, zuzupacken. Zudem musste man eine sehr hohe Dosis spritzen, um einen Zuckerschock herbei zu führen. Noch gefährlicher, man versetzte das Insulin mit K.O.-Tropfen.

Ellen wollte, so schnell es die Situation erlaubte, einiges an Informationen überprüfen. Sie wollte sich gerade wieder ihrem Handy zuwenden, als Frau Rotenfels festen Schrittes auf ihren Tisch zulief.

„Ich bin so froh, Sie zu sehen. Ach herrje, zuerst natürlich einen guten Morgen. Dieser Abend gestern hat mir sehr gutgetan. Mein Schwager und ich werden heute zur *„Chêne-chapelle"* fahren, wir haben schon die Adresse ins Navi eingespeist. Ein Treffen mit Abbe Martin ist auch bereits abgesprochen. Danke für das Überbringen der Bitte des Abbes. Ich werde Ihnen gerne heute Abend berichten, was wir erfahren durften. Ist Ihnen das Recht?"

„Danke, sehr, sehr gerne. Viel Glück und möge Ihnen bitte das, was der Abbe zu berichten weiß, weitere Ruhe bringen. Ich wünsche Ihnen und Ihrem Schwager eine gute Fahrt. Wir sehen uns heute Abend."

Babette Rotenfels begab sich zum Auto und Ellen beugte sich wieder über ihr Handy. Wenig später hatte sie gefunden, was sie suchte. Einen Störfall in Paluel, der zu einem Verletzten geführt hatte. Wobei der Unfall nur ein tragischer Nebenakt bei der Reparatur des eigentlichen Störfalls war. Überhaupt gab es immer wieder Probleme durch den vermehrten Wuchs von Algen. Dies war eine Auswirkung durch Überdüngung der Böden durch die Bauern. Darüber hatte es bereits mehrfach Berichte in den internationalen Zeitungen gegeben. Die Algen verfingen sich in den Ableitungsrohren und verstopften sie. Sehr bildstark war der Vergleich, den ein Wissenschaftler in einem Interview beschrieb. Er verglich den Effekt mit den Haaren im Abfluss der Dusche.

Genau deshalb würden sie heute einen Ausflug nach Paluel machen, denn dort konnte man an einer Führung im Atomkraftwerk teilnehmen. Jeder, besonders aber Schüler, sollten sich selbst von dem großartigen Nutzen der Atomkraft überzeugen. Sie meldete sogleich zwei Personen für die Führung am Nachmittag an.

Was würde Roland zu diesen Erkenntnissen sagen?

Der hörte sich voller Interesses ihre neuen Gedanken zum Fall an und fand die Idee, am Nachmittag an einer Führung im AKW von Paluel teilzunehmen, sehr gut.

„Aber wenn Deine Intuitionen stimmen, dann müsste es eine Person in der Vergangenheit gegeben haben, die durch diesen Störfall zu Schaden gekommen ist. Soweit ich weiß, war in der Tat die Überdüngung der Felder an der Küste das Problem. Dann wäre es einer der Bauern gewesen. Aber ich dachte, das hätte man mit strikten Gesetzen in den Griff bekommen. An einen großen Zwischenfall, den mit dem Dampferzeuger 2016, kann ich mich noch gut erinnern. Der ging ja damals durch alle Medien. Dabei kam eine Person zu Schaden. In unserem Fall wäre es diese Person. Nun, das ist ja nun auch schon einige Jahre her. Andererseits, so erklärst Du ja immer, die Wut, die aus jahrelanger Hilflosigkeit erwächst, wäre schon ein Grund, sich damit zu befassen und mal ganz genau hinzuschauen. Eventuell erfahren wir das heute Mittag bei der Führung."

Ab da widmete sich Roland seinem Frühstück. Später zog er sich hinter die Zeitung zurück. Auch er musste auf den Artikel des Chefredakteurs gestoßen sein, denn seine Unmutslaute waren nicht zu überhören.

„Gut nur, dass Du mit Deiner gespielten Dummheit diesem Typen nicht noch mehr Futter für seine Fantastereien gegeben hast."

Später machten sie sich mit dem Auto auf den Weg. Zuerst sollte es, schließlich war das ihre Urlaubsreise, nach Frécamp gehen. Dann entweder an der Küste entlang oder über die Direktverbindung nach Cany-Barville, um anschließend pünktlich zur Führung in Paluel einzutreffen.

23

Von Bolbec aus konnte man sehr gemütlich die knapp 30 km bis Frécamp zurücklegen und sich bei einem Spaziergang den Ort und die hübsche Strandpromenade ansehen.

Danach begaben sie sich zum *Palais Bénédictine*. Roland hatte sich schon seit Jahren vorgenommen, das Palais zu besichtigen. Als Architekt hatte er eine Schwäche für Fantasiebauten und ihre Geschichte. Dieses Stadtschloss wurde am Ende des 19. Jahrhunderts im Stil aus Neo-Gotik und Neo-Renaissance auf Wunsch des Erfinders des Bénédictine-Likörs erbaut. Roland genoss die Besichtigung des Hauses und der Räume sichtlich. Hier hatte sich ein Mensch hemmungslos seine Träume erfüllt.

Zwar war es langsam Zeit für einen kleinen Imbiss, aber leider gab es nur eine kleine Bar im Stadtschloss und wieder zurück zur Promenade zu laufen, empfanden sie als keine gute Idee. Sie beschlossen, ein hübsches, verträumtes Restaurant auf dem Weg nach Cany-Barville zu suchen.

Leider mussten sie feststellen, dass an der D 925 keine Gelegenheit zur Einkehr bestand. Auch das kleine Örtchen Cany-Barville war zur Mittagszeit wie ausgestorben.

Ellen begriff, warum die Entführung von Jens Rotenfels hier so ohne Aufsehen gelungen war. Dennoch, nach dem Aufruf in der Zeitung, das hatte sie gestern Abend von Claude in Erfahrung gebracht, hatten sich zwei Mitbürger aus dem Örtchen bei der Polizei in Yvetot gemeldet. Aber beide hatten übereinstimmend ausgesagt, dass sie nur einen kleinen Unfall eines Autos und eines Fußgängers an dem Morgen gesehen hätten. Da der Fahrer sofort gehalten hätte und sich um den Fußgänger, der so gar keine Hilfe wollte, gekümmert habe, wären sie zur Tagesordnung übergegangen. Und nein, so die Aussage der beiden Zeugen, es wäre auf keinen Fall eine Entführung gewesen. Der Fahrer des PKWs wäre eher seiner Pflicht nachgekommen und hätte, so mutmaßte einer der Zeugen, den Fußgänger im Auto ins *„Centre Médical"* gebracht. Leider war die anschließende Nachfrage bei den Ärzten im *„Centre Médical"* ohne Ergebnis geblieben. Ein Verletzter war dort nicht eingetragen. Womit definitiv geklärt war, Jens ist dort nicht vorstellig gewesen.

Unverrichteter Dinge und hungrig bogen sie somit im Ort in Richtung *Lac de Caniel* ab. Denn hier befand sich laut Ellens Handy ein Restaurant direkt am See.

Sie hatten Glück, es waren fast alle Tische frei. Allerdings war das Angebot an Speisen mehr als mager. Somit lief es an diesem Dienstagmittag auf Kuchen, Eisbecher und Hamburger hinaus. Man spürte, die Saison war bereits beendet.

Ellen und Roland setzten nach einem nicht erfreulichen Genuss von lauwarmem Kaffee und leider trockenem Kuchen in Richtung des kleinen Dorfes Paluel, das Namensgeber des Atomkraftwerks war, ihre Fahrt fort. Wenig später standen sie pünktlich zur Führung auf dem Parkplatz des AKWs, das etwas außerhalb des Dorfes lag.

Auf dem Weg zum Eingang las Ellen von der Informationsseite im Internet vor, dass man allen Anfängern, Fortgeschrittenen, Eltern und Kindern, Jugendlichen sowie Anwohnern die Möglichkeit bieten wolle, sich umfassend über die Erzeugung von Strom aus Kernkraft zu informieren und zu verstehen. Ja, es gab sogar Helme für die virtuelle Realität und pädagogische Module für Wissbegierige. Ein Zugang zur

„Belvedere" ermöglicht es, den Standort Paluel mit seinen vier Produktionseinheiten zu entdecken. Man konnte auch die Anlage selbst in der Saison nur nach Absprache besichtigen.

So weit wollten Ellen und Roland eigentlich nicht gehen. Aber sie waren an allen erhellenden Informationen, was ihre privaten Recherchen betraf, interessiert.

Sie folgten also brav dem angebotenen Programm und beteiligten sich, genau wie einige der anwesenden Eltern mit ihren Kindern an den kleinen Übungen und Demonstrationen. Wobei Ellen und Roland fast in Lachen ausgebrochen wären, als man vor den kleinen Modellen der Atomwerke stand. Beiden fiel ganz spontan der Film von Loriot „Weihnachten bei den Hoppenstedts" ein. Was scheinbar auch dem zweiten deutschen Pärchen so erging, denn der Mann gluckste plötzlich unterdrückt los und entschuldigte sich, er hätte Schluckauf. Ellen durfte für die nächsten fünf Minuten den Mann nicht ansehen, es wäre auf einen beiderseitigen Lachflash hinausgelaufen, was nicht zweckdienlich gewesen wäre.

Als man sie zum Ende der Veranstaltung bat, doch gerne Fragen zu stellen, erkundigte Roland sich nach dem Problem mit den Algen und den verstopften Leitungen. Die Dame, die ihre Führung leitete, versuchte die Frage als harmlose Bagatelle abzutun. Also fragte Ellen im unschuldigen Ton:

„Aber es gab doch auch hier Störfälle. Wie gehen Sie damit um?"

Die Dame bestätigte, dass es ab und an zu kleineren Zwischenfällen gekommen wäre, die aber noch nicht mal in die Verpflichtung einer Meldung fielen, die Leitung der Anlage diese Vorfälle aber stets melden würde. Man würde ganz offen über alles in Paluel kommunizieren. Das sei man den Menschen an der Küste schuldig. Mit einem gänzlich harmlosen Lächeln setzte Ellen nach:

„Das ist ja wundervoll, aber ist noch nie ein menschliches Unglück geschehen? Ich meine, ich hätte über eine so lautende Meldung gelesen!"

„Da haben Sie völlig Recht. Es gab einen tragischen Unfall. Das war aber kein Unglück in Bezug auf unsere Kernenergie. Kommen Sie doch alle noch mal zurück zu unserem Modell eines Atomreaktors. Das, was damals passierte, war einfach nur tragisch."

Sie liefen in der Halle zurück, bis sie am aufgeschnittenen Modell eines Atomreaktors mit seinen Elementen standen.

„Sehen Sie, hier ist ein Dampferzeuger. Darüber haben wir ja gesprochen. Während einer der im Turnus von jeweils 10 Jahren stattfindenden Überprüfung musste ein Austausch vorgenommen werden. Dieser Dampferzeuger ist 22 Meter hoch und hat ein enormes Gewicht. Beim Transport stürzte dieser auf den Boden des Reaktorgebäudes und beschädigte ihn. Das war im Frühjahr 2016. Leider wurde damals durch das Herabfallen eine Person verletzt. Wir haben dann diesen Reaktor erst 2 Jahre später, also 2018 im Sommer, nach einer sehr gründlichen Reparatur wieder hochgefahren. Wir wollten jedes Risiko ausschließen.

Deshalb haben wir jede Sicherheitsmaßnahme genommen, die man bedenken konnte. Wir sind uns unserer Verantwortung bewusst."

„Die Person, die verletzt wurde, ist aber nicht radioaktiv verseucht worden?"

„Nach meinem Wissenstand nein, aber ich war damals noch nicht hier. Ich weiß nur, dass es ein Mitarbeiter aus einer von uns beauftragten Firma für die Montage der Hebekonstruktion betraf. Meiner Kenntnis nach konnte er, nach ärztlicher Behandlung, völlig gesund seine Arbeit bei der Montagefirma wieder aufnehmen.

Und nun danke ich Ihnen allen für Ihr Interesse. Ich hoffe, Sie haben viel über den Einsatz und dem Umgang mit der Atomkraft gelernt und wissen nun, sie ist mit all unserer Technik sehr wohl beherrschbar und die sauberste Art der Energiegewinnung."

Damit verließ sie entschieden zu schnell den Saal, was bei Ellen den Eindruck hinterließ, als würde sie sich weiterem Nachbohren nicht gewachsen fühlen. Ein anderer Mitarbeiter begleitete die Interessierten hinaus auf die *„Belvedere"* zur Besichtigung der Anlage.

Langsam näherte sich das zweite deutsche Pärchen dabei unauffällig Ellen und Roland.

„Schön weitere deutsche Interessenten an der Atomkraft zu treffen. Wir, meine Frau und ich, möchten uns gerne vorstellen. Mein Name ist Heiner Mühlenbauer, das ist meine Frau Sabine. Meine Frau arbeitet, genau wie auch ich, beim Kernforschungszentrum *CERN* in der Nähe von Genf. Es war wirklich interessant, wie Sie mit Ihrer Frage nach den Störfällen genau in die Wunde des hiesigen AKWs zu stupsen wussten. Sind Sie auch vom Fach?"

„Nein, danke der Nachfrage, aber wir sind hier durch eine Autopanne in der Nähe unfreiwillig für einige Tage in der Normandie gelandet und schauen uns nun einfach die Gegend an. Mein Name ist Roland Kaiser, ich singe nicht, sondern war Architekt und genieße nun unseren Unruhestand. Die Dame an meiner Seite, sie hört auf den schönen Namen Ellen, ist schon fast ein halbes Jahrhundert meine bessere Hälfte und war als Textildesignerin beruflich unterwegs. Wir kommen vom Niederrhein. Sie sagen, der Störfall wäre ein wunder Punkt dieses AKWs?"

„Oh ja, so kann, nein, muss man es wohl nennen. Jeder Störfall ist einer zu viel. Aber dieser war wirklich ein tragischer Unfall. Ein Unglück durch eine externe Firma herbeigeführt. Dabei wurden drei Menschen verletzt, wovon eine Person schwer. Aber auch wenn alle sichtbaren Schäden behoben wurden, sowohl am Gebäude als auch an den Menschen, es bleibt immer ein Trauma zurück. Besonders bei der Atomindustrie. Man zeigt gerne, wie beherrschbar die Atomtechnik ist, wie sauber. Aber Kernspaltung ist eine natürliche Reaktion, die wir gezielt versuchen zu kontrollieren und da bleibt ein gewisses Restrisiko. Wir sollten unser Gespräch unbedingt fortsetzen. Es ist schön, mit Personen, die nicht aus unserem eingeschworenen Kreis kommen, zu sprechen. Was halten Sie davon, uns an einen ruhigen Ort zurückzuziehen und bei diesem trockenen Thema ein Gläschen zu genießen. Eventuell können wir Ihnen bei Ihren Fragen zur Sicherheit der Atomkraft weiter helfen. Quasi direkt aus den Mündern von Wissenschaftlern an der Quelle.

Kennen Sie das „Les Frégates" in Veulettes-sur-Mer? Gar nicht weit von hier, aber sehr nett. Sie folgen der D 10 - D 79. Das Lokal ist hinten beim Casino, hat einen Parkplatz und ist nicht zu verfehlen. Also wir würden uns sehr freuen."

„Sehr gerne. Man ist ja nie zu alt, um noch Neues zu lernen. Wir treffen uns gleich dort."

Danach schlenderte der Mann mit seiner Partnerin zum Ausgang und weiter zum Parkplatz. Ellen und Roland schauten sich die Bucht und das Gelände des Kraftwerks sehr genau an. Verglichen ihre Eindrücke der Lage des AKWs mit dem, was sie über die Befürchtungen zum steigenden

Meeresspiegel durch das Gespräch mit Jens Rotenfels Frau gehört hatten und dem Satz im Anliegenbuch. Danach stand für Ellen und Roland fest, ein Gespräch mit den beiden Wissenschaftlern aus *CERN* konnte weitere Erkenntnisse bringen.

Etwa fünfzehn Minuten später verließen auch sie die Anlage und starteten den Motor ihres Fahrzeugs, um in Richtung Veulettes-sur-Mer zu fahren.

24

Ellen und Roland fanden sehr schnell das angegebene Restaurant. Warum fuhren sie eigentlich zu diesem Ort? Nun, Ellen konnte nicht umhin festzustellen, sie waren inzwischen beide sehr neugierig auf die Fremden.

„Es ist ja wirklich möglich, dass wir im Zusammenhang mit dem Unfall eine schlüssige Antwort auf meine Gedanken erhalten, warum Jens ins Visier des Unbekannten geraten ist. Ich bleibe immer noch dabei, es war eine Verwechslung. Bisher passt die Entsorgung der Leiche sehr stark zu dieser Theorie."

Mit diesem Satz stieg Ellen aus dem Auto und wandte sich dem Restaurant zu. Die beiden Genfer saßen auf der Terrasse und winkten ihnen beim Näherkommen zu.

„Das ist wirklich schön, dass Sie kommen. Hat Sie das AKW wieder ausgespuckt? Ja, wenn man erst einmal an der Materie schnuppert und feststellt, wie interessant sie ist, dann möchte man immer mehr und mehr wissen. Übrigens, wir waren so frei, eine Flasche Wein und vier Gläser zu bestellen. Seien Sie unsere Gäste."

Heiner machte eine einladende Geste und deutete auf die Stühle am Tisch.

„Ach Heiner, Du wolltest immer mehr erfahren. Was hat es uns jedoch gebracht? Wir sind in einer Welt voller Missverständnisse und oft auch Vorurteilen gelandet. Dabei ist die Natur einfach immer voller Überraschungen. Wir sind nur in der Lage, davon ein winziges Stück zu verstehen.

Damit unser Treffen aber nicht so steif und unpersönlich vonstattengeht: Ich bin Sabine und habe mein Leben der Kernforschung gewidmet. Wir machen hier keinen Urlaub, darauf müssen wir noch ein bisschen warten. Wir beraten die Betreiber der Anlage in einigen sehr aktuellen Fragen und tun das in der Gesellschaft eines internationalen Teams von Wissenschaftlern."

„Na, wenn das so ist, ich bin Heiner und diese Dame ist nicht nur meine Chefin, nein, sie ist auch das mir angetraute Wesen. Wir gehören zum Team, das sich mit Umwelt- und Verträglichkeitsfragen beschäftigt und AKWs auf Anfrage beraten. Das ist auch in diesem Fall hier in Paluel so."

„Nun, dann danke für Ihre Einladung. Ich bin Roland, Roland Kaiser. Wie schon gesagt, wir haben mit diesem Thema eigentlich gar nichts zu tun. Meine Frau Ellen hat heute Morgen beim Blättern durch die Prospekte über Sehenswürdigkeiten hier in der Gegend gelesen, dass man an einer Führung teilnehmen könnte. Sie hat uns spontan angemeldet und zwei Plätze waren für heute noch zu haben. Machen Sie öfter die Tour mit?"

Der Ober brachte den Wein und die Gläser, öffnete die Flasche und ließ Heiner kosten, was seine Frau mit einem amüsierten Lächeln zur Kenntnis nahm. Danach schenkte er in alle Gläser ein.

„Na dann zum Wohl und auf ein erfreuliches Gespräch. Heiner und ich nehmen gerne an solchen Touren teil. Heute bot sich für uns in Palaul mal wieder die Gelegenheit. So erfahren wir, was man den Besuchern erzählt und wie weit der offene Umgang mit der Atomkraft und ihren Risiken vor Ort geht. Ist uns zurzeit wirklich sehr wichtig. Wir stehen an einer Zeitwende, was die Umwelt und den Umgang damit angeht. Wir müssen das Bewusstsein der Menschen schärfen."

„Ah, das trifft sich."

Ellen fand es an der Zeit, das für sie brennende Thema unverfänglich, aber zielführend anzugehen.

„Wir haben wirklich sehr bewusst das Thema Unglück angesprochen. In meinem Beruf als Textildesignerin habe ich große Firmen in den Fragen des Trends zur nächsten Kollektion beraten. Was möchten Kunden, was bewegt sie wie zu kaufen, wohin geht die Richtung in der nächsten Zeit. Dass die Straße Mode macht, ist zwar nicht ganz falsch, aber die Presse, das Fernsehen, das Internet machen ebenfalls die Stimmung. Auf die wird nur mit der äußeren Hülle reagiert. Ich fertigte aus den sozial-psychologischen Grundströmungen eine Art Trendanalyse an. Und genau wie Sie bereits sagten, derzeit ist Zeitenwende. Wie gehen also Menschen hier an der Küste mit den Kernkraftwerken um? Woran erinnern sie sich? Haben sie Traumata zurückbehalten durch erlebte Störfälle? Und wie bitte reagieren sie, wenn die Herbststürme mit immer höheren Wellen an die Küste donnern, sich Felsen lösen und sie plötzlich vor ihrem geistigen Auge das Unglück von Fukushima haben? Verstärkt durch einen bereits vorgefallenen Störfall."

Die beiden Wissenschaftler aus Genf sahen Ellen wie eine Fata Morgana an. Heiner nahm einen großen Schluck aus seinem Glas.

„Man könnte glatt meinen, unser leider sehr tragisch ums Leben gekommene Kollege, übrigens auch ein Deutscher, den wir hier treffen sollten und auch haben, wäre in Ihren Körper gefahren. Er forschte genau zu dem Thema: AKW, deren Erweiterungen im Zeichen der Klimaveränderung. Gut aber nehmen wir das Unglück hier. Es geschah bereits 2016 beim Austausch des Dampfbehälters. Es war also überhaupt kein Atomunfall. Drei Menschen wurden verletzt durch den herabfallenden Behälter. Alle drei kamen sofort ins Krankenhaus, zwei wurden am nächsten Tag entlassen, der dritte aber musste sich einer langen Therapie zur Genesung unterziehen. Ja, das hat bei einigen ganz ohne Zweifel Traumata ausgelöst. Deshalb haben wir dafür plädiert, ganz offen damit umzugehen. Nur die stille Post ist eventuell schneller gewesen."

„Oder die Presse. Haben gerade so ein unrühmliches Beispiel aus nächster Nähe mitgemacht.", warf Roland ein, da er merkte, dass Ellen das Gespräch auf den Punkt bringen wollte. „Sehen Sie, deshalb ist Offenheit das Einzige, was Vertrauen schafft. Wie es scheint, ist dieser Montagearbeiter von der Fremdfirma doch mehr geschädigt, als wir wissen. Vor allem was die Psyche betrifft. Er hat wohl in der letzten Zeit, so ca. seit knapp vier Monaten, Flugblätter verfasst und dann verteilt. Das hat die Leitung hier in Paluel zu spät erkannt. Natürlich, er war ja auch kein Angestellter des Kernkraftwerks. Aber der Schaden ist entstanden. Die Menschen hier sind sehr verunsichert. Deshalb haben wir vorgeschlagen, eine Psychologin zu beauftragen, sie genauestens mit den realen Fakten vertraut zu machen und offen zu kommunizieren, dass es eine Umweltstudie vor jeder Entscheidung geben werde. Zusätzlich Außenstehende mit ins Boot zu holen, die mit unverstelltem Blick die IST-SITUATION vor Ort beurteilen."

„Hat man diesen Vorschlag angenommen?"

Ellen musste sich Mühe geben, nicht wie ein kleines Kind auf dem Stuhl nervös hin und her zu rutschen. Sie fühlte, sie waren einem wichtigen Puzzleteil ganz nahe.

Heiner antwortete ihr voller Überzeugung:

„Oh ja, die Psychologin haben Sie heute bereits bei ihrer Führung kennengelernt. Das war auch ein Grund, uns die Führung anzusehen. Die junge Dame ist leider noch sehr nervös. Sie haben das sofort bemerkt. Aber wir alle sind zurzeit sehr angespannt. Es gab einen Zwischenfall, einer unserer Berater, der bereits angesprochene deutsche Kollege wurde entführt. Inzwischen wurde er tot aufgefunden."

Roland fand, dass er nun einen Vorstoß in Richtung Lösung machen sollte.

„OK, wir reden hier von Offenheit, aber auch von Falschinformation und Stimmungsmache. Bitte entschuldigt mein Verhalten, ich will es anschließend gerne erklären. Dürfen wir alle bitte, ohne das weiter zu hinterfragen, unsere Ausweise auf den Tisch legen, wobei ich auch Ihre Ausweise aus *CERN* gerne sehen möchte."

Die beiden Wissenschaftler waren schockiert. Ellen spürte, dass beide drauf und dran waren, die Runde zu verlassen.

„Bitte, wir werden es gleich erklären. Bitte!"

Inzwischen hatte Roland seinen Pass und seine Visitenkarte auf den Tisch vor die beiden gelegt. Ellen folgte ohne Zögern seinem Tun. Sabine und Heiner sahen sich an. In Ihren Gesichtern stand deutlich zu lesen: Die sind komplett verrückt. Aber Heiner zog, wenn auch zögerlich, seine Brieftasche aus dem Jackett und legte seine Papiere und auch den *CERN*-Ausweis auf den Tisch. Sichtlich angespannt folgte seine Frau seinem Beispiel.

Ellen nahm beide Ausweise in die Hand und studierte sie genauestens. Dann straffte sie ihre Schultern und sagte ganz leise:

„Danke für Ihr Vertrauen. Wir sind - besser und richtiger - ich bin die Person, die Jens Rotenfels durch Zufall gefunden hat. Wir sind also nicht verrückt. Wir sind im wahrsten Sinne des Wortes in die ganze Geschichte hineingestolpert. Da wir inzwischen ins Visier des Täters geraten sind, sind wir aus Ihrer Sicht eventuell zu neugierig oder zu vorsichtig."

Man sah den beiden an, dass sie diese Erklärung erst sacken lassen mussten. Es entstand eine etwas längere Pause, in der Roland seine Papiere an sich nahm und Ellen ein Zeichen gab, es ihm gleichzutun.

„Nachdem wir also ganz sicher wissen, wer wir sind und dass wir im selben Boot sitzen, möchten wir sehr gerne einiges von Euch wissen. Ellen hat nach dem Fund genau analysiert, was ihr die Leiche erzählt. Wir beide sind davon überzeugt, dass Herr Rotenfels nur ein Zufallsopfer war. Es kann aktuell jedes noch so kleine Detail wichtig sein. War der damals schwer Verunglückte hier direkt aus der Gegend? Oder könnten Sie das bitte bei der Geschäftsleitung in Erfahrung bringen?"

„Mein Gott, das war aber jetzt schwerer Tobak. Ich verstehe. Ich denke und Sabine sicher auch, dass Ihr so verstörend reagiert habt, ist ganz normal. Wobei ich nicht so cool wie Ellen wäre. Eine Analyse des Erlebten und der Leiche zu machen, ist schon mutig. Wissen und verstehen würde ich auch alles wollen. Selbstverständlich werden wir helfen, wo wir nur können. Um zurück zum damaligen Verunglückten zu kommen: Nein, wo er herkommt, wissen wir nicht."

Roland fand es an der Zeit, den Commissaire zu informieren:

„Ist es für Euch in Ordnung, wenn wir jetzt dem leitenden Commissaire Champignon von Bolbec eine Nachricht senden? Eventuell kann er ja bereits die nötigen Schritte zur Personalerkennung einleiten, also mit der Leitung des AKWs Kontakt aufnehmen. Wir sind nicht befugt. Aber Ellen hat nämlich die Befürchtung, dass der Entführer, ich sage das ganz bewusst, seinen Irrtum erkannt hat und versucht die richtige Person doch noch zur Rechenschaft zu ziehen. Er hat Jens Rotenfels keine körperliche Gewalt angetan. Er hat ihm eine sehr hohe Dosis Insulin gespritzt. Daran ist der Wissenschaftler verstorben. Als er den Irrtum erkannte, hat er ihn einfach nur an den Fundort gebracht."

„Ruft Ihr bitte den Commissaire an, ich versuche, ob ich noch Monsieur Chawall, den Leiter der Anlage, erreichen kann. Wir sollten wirklich bei diesen Erkenntnissen von Ellen, von Euch, jetzt sehr schnell und zielgerichtet handeln."

Ellen und Sabine griffen zum Telefon. Während Ellen sofort Commissaire Champignon in der Leitung hatte und sich zum Gespräch in eine ruhige Ecke begab, hatte Sabine nicht so viel Glück. Sie konnte den Direktor nicht erreichen. Erst morgen früh wieder, war die Auskunft der Sekretärin. Er hätte scheinbar früher seinen Platz mit unbekanntem Ziel verlassen.

25

Eine Stunde später traf Commissaire Champignon mit Capitaine Rober im Restaurant ein. Sie waren im zivilen Einsatzfahrzeug vorgefahren und hatten sich scheinbar in Feierabendlaune zur Gruppe gesellt.

Nachdem man sich gegenseitig vorgestellt hatte und für die Gruppe Kaffee geordert hatte, berichteten Ellen und Roland von ihrem Ausflug und den Erkenntnissen aus der Führung im AKW. Commissaire Champignon machte deutlich, dass er bereits über den Ausflug zur *„Chêne-chapelle"* und der Botschaft im Anliegenbuch durch Claude unterrichtet worden sei.

Das gab Roland Gelegenheit, dem Ehepaar Mühlenbauer die Zeilen aus dem Anliegenbuch auf ihre Handys zu schicken. Beide waren sichtlich erschrocken, mit welcher Inbrunst Rotenfels für die Umwelt hier in Paluel gekämpft hatte.

Anschließend übernahm Sabine den Bericht der Entwicklungen im Kernkraftwerk und der Rolle Jens Rotenfels bei dieser Geschichte. Der Commissaire hörte gespannt zu, schrieb viel in sein Notizbuch. Dabei murmelte er ab und zu etwas unverständlich in sich hinein und schickte lange nicht zu deutende Blicke zu Ellen. Sabine hatte gerade ihren Bericht beendet, als die Handys des Commissaires und das des Capitaines zeitgleich klingelten. Beide entschuldigten sich, standen auf und gingen in verschiedene Richtungen. Ellen überrollte urplötzlich eine Welle der Nervosität. Sie griff nach Rolands Hand.

„Was ist los mit Dir?"

„Sabine, Du hast gesagt, dass Monsieur Chawall nicht zu erreichen sei?"

„Mein Gott Ellen, bitte nicht so etwas denken."

Roland war aufgesprungen und eilte dem zurückkehrenden Capitaine Rober entgegen.

„Dürfen wir erfahren, was sie beide ans Telefon rief?"

„Ich darf nichts sagen. Bitte formulieren Sie Ihre Frage anders."

„Wir befürchten, nein Ellen befürchtet, dass man den Direktor Monsieur Chawall entführt hat. Sabine, also Frau Mühlenbauer, hat ihn vor gut anderthalb Stunden vergeblich versucht zu erreichen."

In die Antwort stürmte Commissaire Champignon und vermeldete:

„Monsieur Chawall wurde entführt. Sein Auto steht mit offener Tür hinter der Kreuzung am Abzweig D10, D79. Ich glaube, wir benötigen alle Hilfe, die wir erhalten können. Das gilt nun auch für Sie, Madame und Monsieur Kaiser und natürlich auch für Madame und Monsieur Mühlenbauer. Rober, trommeln Sie die Kavallerie zusammen. Wir brauchen die Spurensicherung mit allem Pipapo. Sie, meine Herrschaften, Sie tragen jetzt bitte alles zusammen an Zufällen und Ereignissen, was uns weiterhelfen könnte. Wir werden uns in ein ruhiges Zimmer zurückziehen, alle Aufmerksamkeit dabei vermeiden und alle Steine des Puzzles an die richtigen Stellen legen. Paul, Sie organisieren das Zimmer für uns. Ordern Sie zudem zwei große Kannen Wasser und viel Kaffee, dazu einige Sandwiches. Es könnte dauern. Bitte Herrschaften, deutsche Gründlichkeit und Ellen Kaisers Intuition sind gefragt. Und ja, Frau Kaiser, ich benötige jetzt wirklich dringend Ihre Analyse zu dieser Entwicklung. Was will unser nun nicht mehr ganz so Unbekannte eigentlich wirklich?"

Die nächste Stunde war ausgefüllt mit Gesprächen, kleinen Zetteln, die an einem Spiegel befestigt wurden und vielen Polizisten, die kamen und gingen. Zwischendurch verschwanden der Commissaire und oder der Capitaine, eilten in die Gruppen, die sich inzwischen in zwei weiteren Zimmern mit technischem Material eingerichtet hatten. Ab und an waren Ellen, Sabine, Roland und Heiner alleine. Keine Idee der Vier war abwegig genug, um nicht geäußert und aufgeschrieben zu werden, und sie dann doch wieder zu verwerfen.

„Mein Gott, ich glaube, ich habe das Warum. Es liegt doch so vor der Hand. Sabine, Heiner, wart Ihr bei diesem Essen am Abend vor Rotenfels Entführung mit in Cany-Barville dabei"

„Ja, auch Monsieur Chawall."

„Haben die beiden Herren ungefähr die gleiche Statur?", lautete die nächste Frage von Ellen.

„Nicht nur das, sie sind sich auch irgendwie ähnlich. Der gleiche Typ, der gleiche Gang! Oh mein Gott, das ist es. Du hast Recht, er wurde wirklich verwechselt.", bestätigte Sabine.

Bei diesen Worten betrat Commissaire Champignon wieder das Zimmer.

„Ich habe es schon gestern zu Roland gesagt. Commissaire Champignon, ich bitte Sie, schicken Sie ihre Leute zur „Chapelle Sainte-Anne" und eine weitere Gruppe zum alten Haus auf dem Fabrikgelände, in dem sich der Täter aufgehalten hat. Ich denke in erster Linie aber an die Kapelle. Meine These: Der Täter will ein Sühneopfer, um die Dinge wieder ins Lot, besser gesagt, in seine Ordnung zu bringen. Es könnte sein, dass er in „Chapelle Sainte-Anne" an diesem Altar seine Frau geheiratet hat. Es muss da irgendwo einen Eingang für ihn geben. Wir wissen, er kennt sich da aus. Eventuell war er ja einmal Messdiener. Ich vermute, seine Frau ist vor ca. vier Monaten verstorben, als auch das mit den Flugblättern anfing und nun sind seine Emotionen so durcheinander, dass er aus dem Trauma des Unfalls und dem des Todes seiner Frau eine Psychose entwickelt hat. Er will sich befreien. Wenn er den damaligen Schuldigen in der Person des Direktors, also Monsieur Chawall, bestraft, dann kommt alles wieder ins Lot. Denn der hat die Monteure, also ihn, bestellt und somit zum „Täter" des Unglücks gemacht. Klingt für uns total verquer, aber für ihn ist das ganz klar. Ich hoffe, ich liege richtig."

„Ich hoffe mit Ihnen. Aber bitte denken Sie weiter, Frau Kaiser, Sie machen das gut. Solange wir handeln können, solange bin ich guter Hoffnung. Wir werden das schaffen. Dieses Mal vielleicht ohne einen Toten."

Er rannte aus dem Zimmer, das Telefon am Ohr und trommelte eine Gruppe von Polizisten zusammen, die sich bitte lautlos zur Stürmung der *„Chapelle Sainte-Anne"* bereit machen sollten.

Ellen lehnte sich zurück. Dann nahm sie ihr Handy und studierte nochmals das Gesicht des Täters. Er sah erschrocken aus, so als hätte sie ihn auf frischer Tat ertappt. Aber da war doch Jens Rothenfels schon tot. War er da nicht auch bereits von ihm versteckt? Was hatte er also dort gemacht? Was durfte man nicht finden?

In diesem Moment betrat eine Gendarmin das Zimmer.

„Madames und Monsieurs, ich soll Ihnen von Capitaine Rober ausrichten, wir kennen jetzt die Identität des Täters. Ein Jean-Luc Bartholome aus Grainville-la-Teinturiére. Er war der Besitzer der Montagefirma. Er hat den Hebekran extra für diesen Auftrag gemietet. Die Strecke von Yvetot nach Cany-Barville führt direkt an seinem Geschäft vorbei. Somit kann er dort auf Herrn Rotenfels aufmerksam geworden sein. Sie liegen also mit Ihren Vermutungen ganz richtig. Er selbst stammt aus Bolbec, seine Frau kam aus Grainville-la-Teinturiére. Nach der Hochzeit hat er mit seiner Frau das Geschäft gegründet."

„Könnten Sie bitte für mich herausfinden, wer ihm die Daten der zu hebenden Last durchgegeben hat?", fragte Ellen,

„Bitten Sie die Sekretärin, das für die Ermittler rauszusuchen. Der Auftrag muss ungefähr im Januar oder Februar 2016 erteilt worden sein. Danke für Ihre Mühe."

„Bien sure Madame."

Nachdem die Gendarmin das Zimmer verlassen hatte, kam Roland zu Ellen.

„Willst Du uns bitte an Deinen Gedanken teilhaben lassen? Zumindest ich bin sehr verwirrt. Was ist so wichtig, wer wann den Auftrag erteilt hat?"

„Schau Dir sein Gesicht ganz genau auf dem Foto an. Er ist erschrocken, dass ich ihn entdeckt habe. Danach hat er versucht, an die Fotos zu gelangen. Erst im Bistro von Pierre und danach der vereitelte Einbruch in unserem Zimmer. Er wollte also sichergehen, dass wir den Grund seines Aufenthalts in der Kapelle nicht entdecken und erzählen werden. Was hat er dort gemacht? Jens Rotenfels war zu diesem Zeitpunkt schon tot und wusste, dass er einen Fehler gemacht hatte. Hat er einen Beweis, dass er für das ganze Drama gar nicht verantwortlich ist, weil er die Bestellung mit den Daten in seinen Händen hat? Hat er dieses Dokument dort in Sicherheit gebracht? Was hat Monsieur Chawall vertuscht? Oder wer hat da etwas vertuscht?"

„Oh, mein Gott!"

Sabine war von ihrem Stuhl aufgesprungen.

„Die Direktion von Paluel wurde 2019 still und unspektakulär ausgewechselt. Es wurde damals in Fachkreisen stark spekuliert, was diesen Entschluss herbeigeführt haben könnte. Der alte Direktor war sehr angesehen. Ein richtiger Pionier in Sachen Atomkraftwerke. Wenn dieser Monteur herausfinden sollte, dass er wieder den falschen ..."

Sabine sprach nicht weiter.

„Hast Du oder habt Ihr den Namen des alten Direktors?"

Heiner begann in seinem Handy zu suchen. Sehr sorgfältig und in einer erstaunlichen Ruhe. Dann wählte er eine Nummer.

„Hallo Michael, altes Haus. Du warst doch damals in Paluel, direkt nach dem Unglück 2016. Kannst Du Dich noch an den Namen des damaligen Direktors erinnern? Es ist unglaublich wichtig. Er ist nicht mehr in Paluel, aber Sabine und ich sind es. Wir benötigen dringend eine Info von ihm. Ah, Du weißt es nicht mehr. Du musst in Deinen Unterlagen nachschauen. ... Ja, es ist dringend. Gut, ich erwarte Deinen Rückruf. Danke."

Die Gendarmin betrat wieder das Zimmer, als zeitgleich das Handy von Heiner läutete. Er nahm den Anruf entgegen und zog sich damit zurück. Sabine folgte ihm mit Stift und Papier. Ellen sah die Gendarmin auffordernd an.

„Madame, ich habe in Erfahrung bringen können, dass die Bestellung des Krans damals von der technischen Abteilung erteilt wurde. Aber der damalige Direktor hat sie unterzeichnet. Sein Name lautet Marcel Dupont. Er ist nicht mehr in Paluel, wurde einige Jahre später durch Monsieur Chawall ersetzt, der heute noch Direktor ist. Wohin Monsieur

Dupont ging, was er heute macht, das wissen wir nicht. Ich hoffe sehr, ich konnte Ihnen helfen."

„Mercie Madame, Sie haben uns ein ganzes Stück weiter geholfen. Nun wissen wir, wer der damalige Direktor hier in Paluel war. Gute Arbeit."

Die Gendarmin verabschiedete sich. Heiner beendete das Gespräch und kam mit Sabine zurück aus der Ecke des Zimmers.

„Gar nicht so einfach. Der Name des alten Direktors ist Marcel Dupont. Er wurde 2019 mit neuen Aufgaben innerhalb der EDF, also dem Betreiber des AKWs, betraut. Das hat alle sehr überrascht. Zumal er sich dann 2020 ganz in den Ruhestand verabschiedete. Einige munkelten, ihn hätte eine Covid-Erkrankung so früh zu diesem Schritt bewegt. Andere gehen von einem Zerwürfnis zwischen seinem Arbeitgeber und ihm aus. Er soll sich, so der Flur-Funk, nach Réunion zurückgezogen haben. Von dort kommt seine Frau."

Ellen schaute sich in der Runde um.

„Gut, dann schlage ich vor, wir informieren mal wieder unseren Commissaire Champignon. Wir haben ihn ja auch schon lange nicht mehr zu Gesicht bekommen. Nicht, dass er uns noch vermisst."

Schweigend hörte sich Commissaire Champignon Ellens Bericht am Telefon an.

„Das sind, was das Leben von Monsieur Dupont betrifft, erhellende Nachrichten. Danke für diese Recherche. Bringt uns aber umso mehr in Zugzwang, was unseren heutigen Direktor Monsieur Chawall betrifft."

„Genauso sehe ich das auch. Unser Verdächtiger hat bereits einen Toten auf dem Gewissen, wer weiß, ob er es nicht ganz legitim findet, alle Entscheidungsträger zu beseitigen. Haben

Sie schon etwas wegen des Eingangs zur Kapelle?", fragte Ellen nach.

„Wir sind nun mit einer Wärmebildkamera vor Ort. Sollte er sich mit Monsieur Chavall in der Kapelle aufhalten, hoffen wir eine Wärmesignatur zu empfangen. Drücken Sie uns die Daumen. Anschließend werden wir damit auch das Haus und die Fabrikhallen scannen. Es kann etwas dauern. Sie melden sich einfach wieder, wenn Ihnen noch etwas einfällt."

Ellen hatte tatsächlich eine Idee:

„Das *Centre Pastoral St. Anne* liegt etwas die Straße hinunter und hat die Aufgaben der alten Gemeinde übernommen. Eventuell kann ja der Pastor etwas zu Jean-Luc Bartholome sagen. Ein Versuch wäre es wert."

„Daran haben wir auch schon gedacht. Sehr guter Gedanke, nicht wahr? Aber man ruft nach mir. Wir hören uns später."

Damit verabschiedete sich der Commissaire.

26

Ellen hatte das Gefühl, dass sie im Augenblick im Kreis dachte. Sie musste den Kopf freibekommen und sich mit etwas anderem ablenken. Ein kleiner Spaziergang am Strand würde ihr sicher guttun.

„Wer möchte mich begleiten? Ich muss einen Augenblick hier raus, den Kopf freibekommen. Ich würde gerne ein Stückchen am Strand laufen."

Roland war sofort von der Idee begeistert. Auch er hatte das Gefühl, dass Tapetenwechsel den Knoten in seinem Kopf lösen könnte. Zudem würde frische Luft allen guttun.

„Wir werden den Polizisten im Nebenraum Bescheid geben und dann ein bisschen laufen. Sabine, Heiner, wie sieht es bei Euch aus?"

„Sabine möchte versuchen, via Genf an Monsieur Dupont ran zu kommen. Ich bleibe hier und halte die Stellung. Unsere Nummern habt Ihr, falls etwas ist, meldet Euch. Wir werden das Gleiche tun. Bis später."

Heiner wandte sich wieder seinen Notizen zu. Sabine redete mit Genf und so verließen sie das Zimmer. Im nächsten Raum saßen alle Anwesenden sehr konzentriert über Apparate gebeugt. Es handelte sich um den technischen Stab. Ellen spürte die Anspannung und wollte nicht stören. Aber die Gendarmin stand an einem der Fenster. Sie schien im Augenblick die beste Wahl zu sein, um sich abzumelden.

„Wir gehen etwas an den Strand, um den Kopf freizubekommen. Sollte uns jemand suchen, wir sind telefonisch zu erreichen."

Ellen und Roland gingen über die Terrasse, die direkt zur Strandpromenade führte.

„Lass uns über die Kiesel in Richtung *Pont Rouge* laufen. Sie rütteln uns bestimmt ein kleines bisschen durch. Kann ja nicht schaden. Sollte etwas sein, man uns benötigt, sind wir nicht weit von der Straße, da sind wir dann schnell wieder zurück zum Hotel."

Da noch Flut war, blieb ihnen nur ein schmaler Streifen Kieselstrand bis zum Wasser. Die anbrausenden Wellen brachen sich schaumbekränzt auf den Kieseln und verursachten einen tosenden Lärm. Aber es tat gut, das Toben des Wassers, das tiefe Grollen der rollenden Kiesel und das hohe Schreien der Möwen zu hören. Der Wind machte die noch immer hohen Temperaturen angenehm, während sich am Horizont die ersten Vorzeichen eines weiteren großartigen Sonnenuntergangs abzeichneten. Sie gingen schweigend und händchenhaltend den Strand lang. Es setzte bei Ellen der gewünschte Effekt ein. Sie bekam den Kopf frei, atmete tief die Seeluft ein und lockerte endlich ihre Muskulatur.

„Bist Du auch so angespannt gewesen, Roland? Ich spüre jeden einzelnen Muskel."

„Ja, und ich bin es noch. Unsere Kinder würden sagen, das ist nichts mehr in eurem Alter. Auch wenn das wirklich nicht meine Vorstellung von Urlaub ist, ich empfinde es als ausfüllend, als wertvoll. Man braucht uns, sorry, Dich."

Ellen gab ihm Recht. Kein Urlaub, aber es war wichtig.

Sie waren fast alleine am Strand, nur weiter hinten beim *Pont Rouge* sah man einige Personen laufen. Aus einer Laune heraus, stellte Ellen Mutmaßungen über die Personen an.

„Ach Roland, da scheint einer aber ganz schön betrunken zu sein. Der andere muss ihn ja stützen. Na, die feiern schon sehr heftig ihren Urlaub. Hoffe nur, dass die kein Auto mehr fahren müssen."

„Wobei ich mich gerade frage, warum müssen die denn über den Kies in diesem Zustand laufen?"

„Eventuell haben sie eine der Strandhütten gemietet. Müssen halt nur noch die richtige finden."

Ellens Handy klingelte. Commissaire Champignon war in der Leitung.

„Höre, Sie machen einen Ausflug am Strand. Ist alles in Ordnung bei Ihnen? Aber zur Sache:

Wir haben leider keine Personen in der Kapelle ausmachen können. Jedoch hat uns der Pfarrer der neuen Pastorei sehr geholfen. Er kann sich an Jean-Luc Bartholome erinnern und an seine seelische Not im Zusammenhang mit dem Tod seiner Frau. Er macht wirklich das Unglück im AKW dafür verantwortlich. Man hat sich vonseiten des AKWs nicht gut um seinen gesundheitlichen Schaden aus dem Unglück gekümmert. Dabei hatte er sich ganz genau an die übermittelten Daten gehalten. Als dann auch noch seine Frau an Krebs erkrankte, die Firma vor dem Ruin stand, es immer schlechter mit Madame Bartholome ging und sie im Mai verstarb, da war er nicht mehr er selbst. Er hat sich immer wieder in die Kapelle geflüchtet. Dort hat er sogar zeitweilig gewohnt. Der Pfarrer konnte uns einen versteckten Eingang unter einer Dornenhecke, in den Keller und durch die Sakristei wieder hoch zeigen. Unsere Leute sind nun in der Kapelle. Wir suchen nach Ablagespuren von Jens Rotenfels im Keller der Kapelle. Inzwischen ist klar, er wurde nach seinem Ableben bewegt. Wir nehmen uns parallel auch das Haus bei der Fabrik vor. Eventuell finden wir Papiere. Wenn Sie weitere Gedanken haben, bitte teilen Sie uns diese mit. Danke."

„Nein, habe ich, haben wir gerade nicht. Wir entspannen und bewundern nur zur Ablenkung zwei scheinbar sehr betrunkene Männer, die gerade auf das Wasser zu torkeln. Komisch … Oh mein Gott, schicken Sie uns bitte Hilfe, die beiden gehen ins Wasser."

„Sie retten wohl gerne die Welt. Hilfe kommt! Ich kümmere mich drum. Es sind ja genügend Leute bei Ihnen vor Ort, die werden gleich bei Ihnen sein."

Kurz darauf schossen zwei Streifenwagen, die bisher vor dem Hotel gestanden hatten, mit Blaulicht auf der Straße neben dem Strand in Richtung Pont Rouge. Auch Ellen und Roland waren zur befestigten Promenade zurückgekehrt. Sie liefen, so schnell es möglich war zu der Stelle, an der gerade beide Männer wieder ins Wasser abtauchten.

Als sie atemlos ankamen, hatten zwei kräftige Gendarme bereits einen der Männer an Land gezogen. Er war nicht ansprechbar. Der andere Mann wehrte sich heftig gegen seine Rettung. Er schrie und tobte, sodass weitere Gendarme ins Wasser stiegen, um den Tobenden zu bändigen. Für einen winzigen Augenblick schaute er in die Richtung zu Ellen.

Ellen hatte das Gefühl, dass sich der Boden unter ihren Füßen bewegte und sie vor Schreck keine Luft mehr bekam.

„Das ist er, das ist Jean-Luc Bartholome."

Sie hoffte, dass ihre Stimme laut genug war, dass Roland sie verstand. Dann griff sie zum Handy und wählte die Nummer von Commissaire Champignon. Der war zwar sofort am Telefon, jedoch nur um zu sagen:

„Habe gerade keine Zeit, wir haben …"

Ellen brüllte in den Hörer:

„Wir haben ihn, Jean-Luc Bartholome ist der Irre, der ins Wasser gehen wollte. Wir haben ihn. Hören Sie Commissaire, wir haben ihn. Bitte kommen sie zum *Pont Rouge.*"

Sie ließ das Handy sinken und schritt auf den inzwischen durch die Gendarme aus dem Wasser gezogenen Mann zu.

„Jean-Luc Bartholome! Das ist der Gesuchte. Bitte, meine Herren, nehmen Sie diesen Mann fest. Wenn ich mich nicht ganz irre, dann ist der Bewusstlose hier auf dem Strand Monsieur Chawall, der Direktor des Kernkraftwerks Paluel. Commisaire Champignon ist auf dem Weg hierher."

Bis auf Bartholome starrten Ellen alle fassungslos an. Roland trat an Ellen heran und nahm sie ganz schnell in den Arm. Er hatte das Gefühl, sie würde so bleich wie sie jetzt war, ansonsten neben dem Direktor ohnmächtig auf die Kiesel sinken.

„Du bist Dir sicher? Ganz sicher?"

„Ja. Bitte rufe Sabine und Heiner an. Sie müssen ebenfalls hierher kommen. Sie werden die Identität des Direktors Monsieur Chawall bestätigen. Hat schon irgendjemand einen Krankenwagen bestellt?"

Aus einer kleinen Strandbar, die zur Straße hin gelegen stand, kam eine junge Frau mit Gläsern und einer Flasche Cognac sowie Handtüchern zu ihnen gelaufen.

„Ich habe schon die Rettung angerufen. Na, die beiden waren ja ganz schön betrunken. Genau hier ist eine unglaublich tückische Strömung. Die Ebbe setzt gerade ein, die wären nicht zu retten gewesen, wenn sie noch weiter rein gelaufen wären. Wer hat denn Alarm geschlagen? Die Person hat sich nach den tapferen Gendarmen hier den ersten Cognac verdient. Madame, auch für Sie einen Cognac? Brauchen Sie auch einen Sanitäter? Muss ich weitere Handtücher holen?

Benötigen Sie sonst noch etwas? Oder besser, bitte kommen Sie doch einfach mit in die Bar, dann sind Sie aus dem Wind. Dort ist es auch deutlich wärmer."

27

Zwei Stunden später war der Strand wieder leer. Nichts deutet mehr auf das spektakuläre Ende der Entführungen und des Mordes der letzten Tage hin.

Sabine und Heiner waren zum Strand gebracht worden und hatten zweifelsfrei Monsieur Chavall identifiziert. Die Rettungssanitäter nahmen den noch immer deutlich benommenen und klatschnassen Mann mit, der aber nicht in der Lage war, ein klares Wort hervorzubringen.

Commissaire Champignon mit Capitaine Rober trafen eine Weile später aus Bolbec kommend, ein. Immer noch war Jean-Luc Bartholome renitent. Man hatte ihn in einem Streifenwagen, mit Handschellen gefesselt, untergebracht und nun wurde er zur weiteren erkennungsdienstlichen Feststellung und ersten Vernehmung ins Präsidium nach Bolbec gebracht.

Commissaire Champignon hatte bisher ganz ruhig agiert. Nun drehte er sich zu Ellen und Roland um, die auf dem Strand saßen. Es schien, als würden sie gemeinsam den wundervollen Sonnenuntergang genießen. Er setzte sich neben sie. Gemeinsam schwiegen sie eine Weile. Er wusste, es war viel zu viel passiert, um einfach wieder zur Tagesordnung zurückzukehren. Leise begann er irgendwann zu sprechen.

„Madame, Monsieur, ich kann zur Zeit nur Danke sagen. Madame, Sie gehen, wie es scheint, immer zum richtigen Zeitpunkt spazieren. Denn nur durch Ihren Ausflug zum Textilmuseum kamen wir diesem Verbrechen auf die Spur und durch Ihre Idee zu laufen, um den Kopf freizubekommen, entdecken sie die beiden am heutigen Abend. Die zwei, so habe ich mir von der Strandbarbesitzerin sagen lassen, hätten wir bei Gelingen des Vorhabens von Bartholome niemals wieder gesehen. Spurlos verschwunden und vielleicht irgendwann, wer weiß wo angeschwemmt. Die Besitzerin kennt hier die Wirkung des Meeres, weiß um den sehr gefährlichen Sog der Unterströmung, wenn die Ebbe wieder einsetzt, so wie vor ca. zwei Stunden. Man kann ihm nicht entkommen.

Danke für ihre großartige Hilfe. Ihre Analysen waren für uns wie ein Leuchtfeuer in der Finsternis. Sie haben uns mit Ihrer ganz eigenen Art, Ihrem Interesse an Menschen und einer für mich unorthodoxen Einordnung von alltäglichen Kleinigkeiten, den Weg gewiesen und dann auch noch den Täter geliefert, bevor er den zweiten Mord begehen konnte. Obwohl ich zu Anfang immer wieder dachte, Sie stecken ihre Nase nur aus Neugierde in meine Arbeit. Ich entlasse Sie beide jetzt aus dem inoffiziellen Dienst, in den ich Sie heute Nachmittag berufen habe.

Können Sie selbst fahren oder soll Sie in Ihrem Wagen einer meiner Männer zum Hotel bringen? Wir sehen uns dann morgen. Sie müssen noch einige Papiere ausfüllen und wir Ihre Aussagen aufnehmen. Bitte schlafen Sie gut und erholen Sie sich. Es war Aufregung genug."

Ellen hatte keine Lust zu reden, sie war erschöpft und unglaublich müde. Sie wollte nur noch ins Hotel. Also nickte sie nur. Roland nahm dankend den Vorschlag des Commissaire an, dass ein Beamter sie ins Hotel mit ihrem Wagen bringen sollte. Auch er fühlte sich gerade nur noch erschöpft. Die letzten Stunden hatten, so musste er zugeben, stark an seinen Nerven gezerrt.

Wenig später brachte ein Gendarm ihr Leihauto. Er würde sie ins Hotel nach Bolbec bringen.

Sabine und Heiner verabschiedeten sich, ebenfalls gezeichnet von den Ereignissen der letzten Stunden. Vorher verabredeten sie mit ihnen ein Treffen am nächsten Tag in Bolbec.

Auf der Fahrt stellte Roland fest, dass er mal wieder zwei Anrufe, dieses mal von der Garage, verpasst hatte. Mit einem tiefen Seufzer rief er zurück. Hoffentlich erreichte er noch jemanden.

„Ihr Wagen ist fertig. Sie hätten ihn heute Mittag abholen können. Aber wir konnten Sie nicht erreichen. Kommen Sie einfach morgen früh vorbei. Ich wünsche Ihnen einen schönen Abend."

Roland dankte und ließ sich lächelnd in den Sitz zurückfallen.

Ellen schien es, als würde langsam alles wieder auf seinen Platz fallen. Die letzten Puzzleteile, die das gesamte Bild abrunden sollten, würden sich auch noch einfügen. Daran zweifelte sie keinen Augenblick mehr.

EPILOG

Ellen stand auf einem der Aussichtspunkte der Wehrmauer hoch oben auf dem *Mont St. Michel* und blickte über den scheinbar endlosen Strand in der Bucht. Es war kein Meer zu sehen, nur eine nasse, glänzende und glitzernde Fläche, auf der sich einige Leute bewegten. Die Ebbe war beinahe an ihrem Tiefpunkt angekommen. Das Wasser hatte sich ca. fünfzehn Kilometer von der Küste zurückgezogen. Bald würde es mit der Geschwindigkeit eines „galoppierenden Pferdes" in die Bucht zurückkehren.

Sie fühlte die Ruhe des Ortes und genoss den sanften Wind auf ihrer Haut. Gleich würde Roland mit Sandwiches und Kaffee zurückkommen, die er in einem der vielen kleinen Lädchen, die die Straßen hier hinauf zur Kirche säumten, gekauft hatte. Sie würden für ihr Picknick die wohltuende Stille ihres Platzes genießen, der sie aus dem zu dieser Jahreszeit immer noch herrschenden Menschengetümmel der geheimnisvollen Inseln heraustreten ließ.

Hier wollte sie die letzten turbulenten Tage nochmals Revue passieren lassen, um dann damit endgültig abzuschließen. Danach würde ihr Urlaub unwiderruflich beginnen.

Sie hatten von Commissaire Champignon am Tag nach dem großen Showdown am Strand eine Zusammenfassung der, soweit zu diesem Zeitpunkt bekannten Ereignisse, im Präsidium in Bolbec erhalten.

Jean-Luc Bartholome hatte sich nach dem Tod seiner Frau in den Wahn gesteigert, dass der Direktor des AKWs ihm falsche Daten gegeben hätte. Damit eine Kette von Ereignissen in Gang gebracht, die seiner Frau das Leben gekostet hatten. Ihr Leiden, ihren Krebs, hatte er als Folge des Unglücks hinzugefügt. Das musste aufhören. Er würde dafür sorgen, dass der Direktor durch seine Hand zu Tode kommen würde und somit er, Jean-Luc, wieder ein freies Leben hätte. Nur war er niemals dem damaligen Direktor begegnet, noch wusste er, dass die Direktion neu besetzt worden war. Nach dem Tod seiner Frau hatte sein Rachefeldzug zuerst mit den Flugblättern begonnen. Danach hatte er die letzten Wochen damit zugebracht, Direktor Chawall zu beschatten und seinen Plan zu schmieden. Immer in der Unterstellung, die richtige Person vor sich zu haben. Durch die Ähnlichkeit mit dem Direktor hatte er in Jens Rotenfels dann aber die falsche Person entführt.

Jens Rotenfels war durch die viel zu hohe Dosis Insulin und der Mischung mit dem Betäubungsmittel im alten Lagerkeller der Firma von Bartholome verstorben. Sein Plan war, den Direktor handlungsunfähig zu machen, ihn im Keller einsam und entkleidet einige Tage leiden zu lassen, damit er sich seiner Schuld bewusst wurde, um ihn später im Meer am *Pont Rouge* der Unterströmung zu übergeben. Erst durch die Meldungen in der Presse erkannte er seinen Irrtum. Aber da war Jens Rotenfels bereits verstorben. Wieder ein Ereignis, das in seinem Wahn zu der Kette der Schicksalsschläge gehörte. Somit musste er die Leiche verschwinden lassen, die nun keinerlei Zweck mehr für ihn und seine Erlösung hatte. Er brachte die Leiche nach Bolbec, damit sie gefunden würde.

Ja, Ellens Vermutung hatte sich bestätigt.

Danach kehrte er zu seinem Plan zurück, nur musste er nun unter Einsatz seines eigenen Lebens endlich sein Werk mit der seiner Meinung nach richtigen Person, der des Direktors Chawall, vollenden. Den Auftrag, der seine Unschuld beweisen sollten, hatte er im Keller der *„Chapelle Sainte-Anne"* unter der Aufsicht Gottes und der Asche seiner verstorbenen Frau aufbewahrt.

In seiner Wohnung fanden die Beamten einen Abschiedsbrief, der seine Gedankenkette auflistete. Denn nach seiner Entdeckung durch Ellen und der Niederlage der Fotos habhaft zu werden, war für ihn klar, er musste sofort handeln.

Er entführte Chawall, wie bereits geplant. Der hatte von Bartholome nur eine Betäubungsspritze erhalten, die er jetzt als genügend erachtete. Die Unterströmung, von Gott ihm gesandt, würde das Werk, sein Werk, vollenden.

Glücklicherweise erholte sich Monsieur Chawall von seinem unfreiwilligen Bad in der Nordsee gut. Somit konnte der Direktor das Krankenhaus bereits am nächsten Tag wieder verlassen.

Jean-Luc Bartholome war noch am Abend seiner Verhaftung in die Psychiatrie gebracht worden.

Sabine und Heiner beendeten ihren Bericht, fügten die Bedenken und Gedanken von Jens Rothenfels ein und kehrten nach Genf zurück.

Frau Rotenfels war im Laufe des Tages, nachdem auch sie ein abschließendes Gespräch in der Präfektur hatte, mit ihrem Schwager nach Frankfurt zurückgefahren. Der Leichnam war freigegeben worden und würde ebenfalls nach Frankfurt überführt werden.

Ihre Bitte an Ellen und Roland, bei der Beisetzung anwesend zu sein, hatte Ellen abgewiesen. Sie war froh, geholfen zu haben, den Mord aufzuklären. Damit betrachtete sie ihre Aufgabe als erfüllt. Zudem wollte sie dringend Abstand zu den Ereignissen. Die Rotenfels begriffen, wenn auch mit großem Bedauern.

Ellen und Roland statteten Commissaire Champion einen letzten Besuch im Präsidium ab. Sie unterschrieben ihre Aussage und einige vorbereitete Papiere.

Danach holten sie ihr repariertes Auto in der Garage ab.

Beide waren dankbar, dass sie nur als aufmerksame Touristen in der Presse genannt wurden, die nicht nur den Leichnam gefunden, sondern auch noch weiterführende wichtige Hinweise geliefert hätten. Den Erfolg durften sich Commissaire Renaud Champignon und Capitaine de police Paul Rober sehr gerne auf die Fahne schreiben. Was wiederum der Chefredakteur Rene Pelegin vom *„Courrier Cauchois"* sehr ausgebreitet und angereichert mit der ihm eigenen Fantasie seinen Lesern darstellte.

Ellens Wunsch, die Gärten von Monet in Giverney zu besuchen, hatten sie bis ans Ende ihres Urlaubs verschoben. Der Entschluss fiel direkt nach einem Anruf von Giselle und Emile noch am Abend der finalen Ereignisse. Sie würden diesen Ausflug zusammen mit den beiden und ihren Besuch in Rouen am Ende der Reise nachholen. Im Augenblick stand ihnen nur der Sinn nach Zweisamkeit, Ruhe und der wundervollen, rauen Landschaft der Bretagne.

Die Kinder hatten eine kleine telefonische Botschaft von ihnen erhalten, in denen sie aber nichts von den spannenden Erlebnissen erzählten. Dazu wäre dann zu Hause noch Zeit genug. Wohl hatten sie berichtet, dass das Auto wieder flott wäre und es nun endlich weiterginge.

Das bereits gebuchte Häuschen in der Normandie hatten sie für dieses Jahr storniert. Es war im Augenblick genug Normandie für sie gewesen. Es war gut, wenn sie einige Kilometer zwischen sich und den Ereignissen bringen konnten.

Man würde irgendwann bestimmt zurückkommen.

Genau das tat in diesem Augenblick Roland mitten in ihre Gedanken hinein.

Er war beladen mit Sandwiches und Kaffee. Es war so schön, einfach nur hier zu sein.

Ellen seufzte tief und war jetzt sehr, sehr glücklich, was Roland mit Freude zur Kenntnis nahm.

Schweigend saßen sie mit ihrem einfachen Mahl auf der Mauer, fühlten den leichten Wind und die Sonne auf ihrer Haut und blickten dem Wasser erwartungsvoll entgegen. Dieser Kraftort half ihnen Abstand zu nehmen und wieder zu sich selbst zu finden.

Ursula Pahnke-Felder, 1952 geboren auf der Durchreise zwischen den Welten in Berlin, ist nach zahllosen Umwegen seit fast 50 Jahren in den Niederlanden heimisch.

Nach ihrem Studium an der Universität Wuppertal und der Kunstakademie Düsseldorf, wo sie Kunst und Design, Psychologie und Soziologie studierte und das sie als Diplom Designerin abschloss, arbeitete sie als Ausbildungs- und Schulungsleiterin, bevor sie sich ganz der Kunst und dem Design im eigenen Atelier in Venlo widmete.

Ihr humorvolles Design ist international anerkannt, zahlreich ausgezeichnet und sehr gefragt. Ihre emotional kritischen Kunstwerke und Installationen sind in Ausstellungen und Sammlungen von Galerien und Museen auf der ganzen Welt zu finden.

Seit **1980** entwickelte sie zu den Ausstellungen erste Kataloge während ihrer Tätigkeit als Kuratorin an Museen.

2002 entstand zu einem ihrer Kunstprojekte der Roman
"Family Diary", ihr Erstlingswerk.

2011 legt sie mit dem Foto-Kunstbuch **POSITION** nach, das ihr gleichnamiges Kunstprojekt begleitet und vermittelt so einen ganz unerwarteten, künstlerisch-sozialen Blick auf normale Bus-Haltestellenhäuschen in Venlo / NL.

Dank ihres mehrfachen Schüleraustausches an die „École de Culinaire" in Paris entdeckte sie das Kochen, ein Hobby, das sie ausgiebig und sehr fröhlich frönt. Sie lebt diese Leidenschaft immer wieder in einer Symbiose mit ihrer Kunst und ihrem Design aus.

2013 erschien begleitend zum Kunstprojekt
„Die Dinner der Aphrodite" das gleichnamige Kochbuch.

2021 wiederum begleitend zum Kunstprojekt ihr zweites Kochbuch **„Geniessen mit Loreley"**.

Mit ihrem ersten Cosy-Krimi, der sich nicht als Ergänzung zu einem ihrer Kunstprojekte versteht, überrascht sie nun sowohl die Liebhaber dieses Genres als auch die Bewunderer und Liebhaber ihrer Kunst.
„Es war an der Zeit, etwas ganz Neues zu wagen."

Mein Dank geht an:
Mozart, Helena, Jens und die, die an mich glaubten

https://jahres-zeit.blogspot.com/2023/01/bolbec.html

Alle Personen und Handlungen in diesem Buch sind frei erfunden. Sollten Sie also glauben, sich selbst, eine andere Person oder einen Teil der Handlung wiederzuerkennen, dann ist das reiner Zufall. Gegen Zufälle bin ich machtlos.

Umschlaggestaltung: Ursula Pahnke-Felder
Copyright ©
Ursula Pahnke-Felder
VG Bild/Kunst   269561
VG Wort   1204855

www.ursula-pahnke-felder.eu